KB270247

페레이라가 주장하다

이 도서의 국립중앙도서관 출판시도서목록(CIP)은 e-CIP 홈페이지(http://www.nl.go.kr/ecip)와
국가자료공동목록시스템(http://www.nl.go.kr/kolisnet)에서 이용하실 수 있습니다.
(CIP제어번호: CIP2011005270)

세계문학전집
082

Antonio Tabucchi : Sostiene Pereira

페레이라가 주장하다

안토니오 타부키 장편소설
이승수 옮김

문학동네

1

어느 여름날 그를 만났다고 페레이라는 주장한다. 햇살 좋고 바람 솔솔 부는 멋진 여름날이었고, 리스본은 아름답게 빛났다. 페레이라는 편집실에 있었던 듯한데, 무엇을 써야 할지 몰라 하고 있었다. 편집장은 휴가 중이었고 그는 문화면을 준비하느라 애를 먹는 중이었다. 〈리스보아〉*가 신설한 문화면을 페레이라가 맡았기 때문이다. 페레이라는 죽음에 대해 생각하고 있었다. 대서양에서 불어오는 산들바람이 나무 꼭대기를 어루만지고 태양은 눈부시게 내리쬐었으며, 사무실 창문 아래 도시가 그야말로 반짝반짝 빛나던 어느 아름다운 여름날, 지금까지 본 적 없는 파란 하늘이 눈이 시릴 정도로 청명하던 날, 죽음

---

* '리스본'의 포르투갈어 이름.

을 생각하기 시작했다고 페레이라는 주장한다. 왜일까? 페레이라는 그 이유를 설명할 수 없다. 그가 어렸을 때 '슬픔의 페레이라'라는 상조회사를 운영했던 부친 때문일 수도 있고, 몇 년 전 폐결핵으로 죽은 그의 아내 때문일 수도 있으며, 그가 뚱뚱하기 때문일 수도 있다. 그는 심장병에 고혈압이 있고 의사는 이렇게 나아가다가는 남은 시간이 많지 않을 거라고 말했다. 아무튼 죽음을 생각하기 시작했다고 페레이라는 주장한다. 우연히, 순전히 우연히 그는 어떤 잡지를 훑어보았다. 문학잡지였지만 철학 칼럼도 실려 있었다. 아방가르드 잡지였던 것 같은데, 페레이라는 과연 그것이 아방가르드 잡지였는지 확신하지 못한다. 그 잡지에 가톨릭 성향의 기고자들이 많았기 때문이다. 페레이라는 가톨릭 신자였다. 적어도 그때는 자신이 가톨릭 신자, 신앙심 깊은 가톨릭 신자라고 생각했지만, 한 가지 사실, 즉 육신의 부활에 대해서만은 믿을 수가 없었다. 영혼은 믿었다. 영혼이 있다고 확신했기 때문이다. 하지만 육신, 즉 영혼을 둘러싸고 있는 살덩어리, 그건 아니다, 그것이 다시 부활할 수는 없을 것 같았다. 또 왜 그래야 하는가? 하고 페레이라는 스스로에게 묻곤 했다. 매일같이 그를 따라다니는 그 비곗덩어리, 땀, 계단을 올라갈 때의 헐떡임, 왜 그것들이 부활해야 한단 말인가? 원하지 않는다, 또 다른 삶에서 페레이라는 이 모든 것을 다시 갖고 싶지 않았다, 영원히. 그는 육신의 부활을 믿고 싶지 않았다. 그는 무심하게 잡지를 넘기기 시작했다. 왜냐하면 지루했기 때문이라고 페레이라는 주장한다. 그러다가 그는 다음과 같은 기사를 발견했다. "우리는 지난달 리스본 대학에서 심사받은 논문에서 죽음에 대해 성찰한 부분을 발췌하여 소개한다. 저자는 철학과를 훌륭한 성적으로 졸업한 프란세스쿠 몬테이루 로시이다. 우리는 그 논문의 일부만을 소개한다. 왜냐하면 앞으로도 우리 잡지에서 그의 글을 볼 수 있을 것이기 때문이다."

제목도 없는 그 기사를 처음에는 건성으로 읽다가 기계적으로 다시 앞으로 돌아가 기사의 일부를 옮겨 적었다고 페레이라는 주장한다. 왜 그랬을까? 페레이라는 그 이유를 설명하지 못한다. 그 가톨릭 아방가르드 잡지가 짜증 났기 때문일 수도 있고, 그가 비록 신앙심 깊은 가톨릭 신자라고 해도 그날은 가톨릭과 아방가르드에 싫증이 났기 때문일 수도 있다. 아니면 그 순간, 리스본이 화려하게 빛나는 그 여름날, 그를 무겁게 짓누르는 살덩어리 때문에 육신의 부활이라는 생각이 혐오스러웠을 수도 있다. 하지만 사실은 휴지통에 잡지를 버리기 위해 그 기사를 옮겨 적은 것일 뿐이다.

기사 전체가 아니라 단지 몇 줄만을 옮겨 적었다고 페레이라는 주장한다. 그 내용은 다음과 같이 정리할 수 있다. "우리 존재의 의미를 보다 깊고 일반적으로 특징짓는 관계는 삶과 죽음의 관계이다. 왜냐하면 죽음을 통해 우리 삶이 한계 지어진다는 것은 삶을 이해하고 평가하는 데 결정적으로 중요하기 때문이다." 페레이라는 전화번호부를 찾으며 마음속으로 말했다. 로시, 이상한 이름이군, 전화번호부에 로시라는 이름은 한 사람밖에 없을 거야. 페레이라는 그 번호를 머릿속에 기억하며 전화를 걸었다고 주장한다. 저쪽에서 여보세요 하는 목소리가 들렸다. 여보세요, 페레이라도 말했다. 여기는 〈리스보아〉입니다. 그러자 저쪽 목소리가 네? 하고 말했다. 저, 〈리스보아〉는 리스본의 지역 신문이고 몇 달 전에 창간됐습니다, 당신이 우리 신문을 봤는지 모르겠군요, 우리는 비정치적이고 독립적인 신문입니다, 하지만 영혼을 믿습니다, 우리는 가톨릭 성향의 신문이라고 말하고 싶습니다, 몬테이루 로시 씨와 통화하고 싶은데요, 라고 말했다고 페레이라는 주장한다. 수화기 너머에서 잠시 침묵하던 목소리가 몬테이루 로시는 자신이지만 영혼에 대해 별로 생각해본 적이 없다고 말했다고 페레이라는 주장한다. 이번에는 페레이라 쪽에서 몇 초 침묵했다. 왜냐하면 죽음에 대해 그렇게 깊이 성찰한 사람이 영혼을 생각하지 않는다는 게 이상했기 때문이라고 페레이라는 주장한다. 아무튼 상황이 모호해졌다고 생각했다. 페레이라는 곧 그가 집착하고 있는 육신의 부활로 생각이 옮겨 갔고, 그래서 죽음에 대한 몬테이루 로시의 글이 실린 기사를 읽었다고 말했다. 그리고 몬테이루 로시 씨가 하려는 말이 육신의 부활을 믿지 않는 거라면, 페레이라 자신 역시 그렇다고도 말했다. 결국 페레이라는 자신이 앞뒤가 맞지 않는 말을 했다고 주장한다. 그리고 낯선 사람에게 어렵게 전화해서 영혼이니 육신의 부활이니 하는 그런 민감한 말들, 아니 그렇게 내면적인 말들을 늘어놓은 자신에게 화가 났다. 페레이라는 후회했다고 주장한다. 빨리 전화를 끊을까도 생각했지만 왠지 대화를 계속할 힘을 얻었다. 그래서 자신은 페레이라, 페레이라 박사고, 〈리스보아〉의 문화면을 담당하고 있다고 말했다. 〈리스보아〉는 석간신문에 지금은 리스본의 다른 신문들과 분명 경쟁이 되지 않지만 조만간 자리를 잡을 것으로 확신하며, 지금은 〈리스보아〉가 연예 기사에 많은 지면을 할애하고 있는 게 사실이지만 드디어 문화면 신설을 결정했다고 말했다. 문화면은 토요일마다 나올 것이고 편집부 구성이 아직 다 되지 않아서 고정 칼럼을 맡아

줄 외부 기고자가 필요하다고도 말했다.

몬테이루 로시가 그날 당장 편집에 참여할 수 있다고 우물거리며 말했다고 페레이라는 주장한다. 몬테이루 로시는 그 일에 관심이 있으며, 대학을 졸업한 지금, 일이 정말 필요하고 생계를 유지해야 하기 때문에 어떤 일이든 관심이 있다고도 말했다. 그러나 페레이라는 지금은 안 된다고 했고, 당장은 편집에 참여할 수 없으며, 약속을 정해 사무실이 아닌 시내에서 만나는 게 좋겠다고 말하는 신중함을 보였다. 선풍기가 끼익끼익 시끄럽게 돌아가고, 의심스러운 눈초리로 모든 사람을 쳐다보며 튀기는 것 이외에 다른 일을 하지 않는 마녀 수위 때문에 늘 튀김 냄새가 가시지 않는 호드리구 다 폰세카 거리의 그 황량한 사무실로 낯선 사람을 초대하고 싶지 않았기 때문에 그렇게 말한 거라고 페레이라는 주장한다. 그리고 또 〈리스보아〉의 문화면 편집을 그 비좁은 방에서 더위와 불편함 때문에 땀을 뻘뻘 흘리는 남자, 페레이라 그가 도맡아 하고 있다는 걸 낯선 사람이 눈치채길 원하지 않았다. 결국 시내에서 만날 수 있는지 몬테이루 로시에게 물었고, 그는 다음과 같이 말했다고 페레이라는 주장한다. 오늘 저녁, 알레그리아 광장에서 노래와 기타 연주가 있는 댄스파티가 열립니다, 저는 나폴리 민요를 부르기로 했습니다, 사실 저는 이탈리아계지만 나폴리 사투리는 모릅니다, 아무튼 카페 주인이 제게 야외의 작은 테이블 하나를 맡겼고, 그 테이블에는 몬테이루 로시라고 적힌 푯말이 있습니다, 그곳에서 만나는 게 어떨까요? 페레이라는 좋다고 말했고, 통화를 끝내고 땀을 닦고 나니 '추모사'라는 제목의 짧은 칼럼난을 만들어야겠다는 멋진 아이디어가 떠올랐다고 주장한다. 다음 토요일에 당장 그 칼럼을 싣겠다고 생각했다. 이탈리아를 생각했더니 거의 기계적으로 그 아이디어가 떠오른 듯했다. '이 년 전 루이지 피란델로가 사망했다'라고 칼럼 제목을 뽑았다. 이윽고 부제로 '이 위대한 극작가는 그의 「꿈, 하지만 아닐지도 모른다」를 리스본에 소개했다'라고 적었다.

1938년 7월 25일이었다. 바다에서 솔솔 산들바람이 불어오는 파란 하늘 아래서 리스본이 아름답게 빛났다고, 페레이라는 주장한다.

2

그날 오후 날씨가 바뀌었다고 페레이라는 주장한다. 대서양에서 불어오던 산들바람이 갑자기 그치고, 두꺼운 안개 장막이 몰려오면서, 도시는 땀 뻘뻘 나는 무더위에 휩싸였다. 사무실에서 나가기 전에 페레이라는 쇼핑할 때 사서 문 뒤에 걸어두었던 온도계를 쳐다보았다. 38도였다. 페레이라는 선풍기를 껐고 계단에서 여자 수위를 만났는데, 수위는 안녕하세요, 페레이라 박사님이라고 말했다. 페레이라는 현관에 맴도는 튀김 냄새를 또 한 번 맡으며 마침내 밖으로 나왔다. 바로 앞 길 건너에 동네 시장이 섰고, 공화국 수비대의 소형 트럭 두 대가 그곳에 정차되어 있었다. 페레이라는 시장이 동요하고 있음을 알았다. 전날 알렌테주에서 경찰이 시장에 물건을 대던 사회주의자 짐마차꾼 한 명을 죽였기 때문이다. 이 사건 때문에 공화국 수비대가 시장 철책 앞에 주둔하고 있었다. 그러나 〈리스보아〉는 그 소식을 알릴 용기가 없었다. 아니 부편집장에게 그럴 용기가 없었다고 할 수 있다. 편집장은 휴가를 받아 부사쿠에서 시원한 공기와 온천욕을 즐기고 있었기 때문이다. 알렌테주에서 사회주의자 짐마차꾼이 자신의 마차에서 학살당했고 거기 실려 있던 멜론에 온통 피가 튀었다는 그런 소식을 누가 감히 전할 용기가 나겠는가? 누구도 없다. 왜냐하면 나라 전체가 침묵했고, 침묵하는 것 이외에 달리 어쩔 방법이 없었기 때문이다. 그러는 동안 사람들은 죽어갔고 경찰은 학살을 자행했다. 페레이라는 다시 죽음을 생각하자 땀이 나기 시작했다. 그리고 이 도시에서는 죽음의 악취가 진동한다고, 아니 유럽 전체가 죽음의 악취를 풍긴다고 생각했다.

페레이라는 유대식 정육점을 지나 몇 걸음 떨어진 카페 오르키데아에 이르렀다. 무더운 야외 테이블에 있을 수 없어서 적어도 선풍기가 있는 실내에 자리를 잡았다. 레모네이드를 시키고 화장실에 가서 손과 얼굴을 씻은 다음, 시가 하나와 석간신문을 주문했다. 종업원 마누엘이 바로 〈리스보아〉를 가져다주었다. 그는 그날 원고를 보지 못했고 그래서 모르는 신문인 것처럼 기사를 훑었다. 첫 면에는 '오늘 세상에서 가장 호화로운 요트가 뉴욕을 출발했다'라는 글이 있었다. 페레이라는 헤드라인을 한참 동안 쳐다보다가 사진을 보았다. 밀짚모자를 쓰고 셔츠를 입은 사람들이 샴페인을 터뜨리는 사진이었다. 페레이라는 땀이 나기 시작했다고 주장한다. 다시 육신의 부활을 생각했다. 만약 내가 부활한다면 밀짚모자를 쓴 이런 사람들과 함께할 수 있을까? 하고 페레이라는 생각했다. 영원의 어떤 이름 모를 항구에서 정말 그 요트 탄 사람들과 함께 있는 상상을 했다. 그에게 영원은 건배, 건배! 환호성을 올리며 축배를 드는 영어권 사람들이 사는, 후덥지근한 안개 장막이 깔린 참을 수 없는 장소 같았다. 페레이라는 레모네이드를 한 잔 더 시켰다. 그는 집으로 가서 시원하게 목욕을 할지, 아니면 옛 친구인 메르세스 성당의 교구사제 돈 안토니우를 만나러 갈지 생각했다. 페레이라는 몇 년 전 아내가 죽었을 때 그 사제에게 고해를 했고, 한 달에 한 번씩 그를 찾아갔다. 페레이라는 안토니우 신부를 만나러 가는 게 좋겠다고 생각했다. 그게 좋을 것 같았다.

그래서 그렇게 했다. 그때 찻값을 내는 걸 잊었다고 페레이라는 주장한다. 무심코, 아무 생각 없이 일어나 담담히 카페에서 나왔다. 테이블에 신문과 모자를 남겨두고 나왔는데, 후덥지근한 더위에 모자를 쓰고 싶지 않았거나, 아니면 물건을 자주 잃어버리는 평소 습관대로 놔두고 나온 것이리라.

안토니우 신부는 초췌했다고 페레이라는 주장한다. 안경이 뺨까지 흘러내렸고, 며칠 못 잔 사람처럼 피곤해 보였다. 페레이라는 무슨 일이 있었냐고 물었고, 안토니우 신부는 대답했다. 뭐라고, 자네 몰랐나? 알렌테주에서 짐마차꾼이 자기 마차에서 학살당했어, 여기 시내와 곳곳에서 파업이 있었네, 그런데 신문사에서 일한다는 자네는 도대체 어떤 세상에서 사는 건가? 자, 페레이라, 가서 무슨 일이 일어나고 있는지 좀 알아보게.

이 짧은 대화와 등 떠밀려 나온 상황에 몹시 당황하며 성당을 나섰다고 페레이라는 주장한다. 그는 마음속으로 물었다. 나는 딴 세상에서 사는 걸까? 그는 자신이 산 사람이 아니라 이미 죽은 사람이나 마찬가지라는 이상한 생각이 들었다. 아내가 죽고 그는 죽은 사람처럼 살았다. 죽음, 육신의 부활에 대해서만 생각했다. 하지만 그는 육신의 부활을 믿지 않았으며 그런 생각을 우습게 여겼다. 그의 삶은 단지 하루하루 생존해나가는 것, 사는 척하는 것일 뿐이었다. 그리고 피로를 느꼈다고 페레이라는 주장한다. 가장 가까운 전차 정류장까지 터벅터벅 걸어가 테레이루 두 파수까지 그를 데려다줄 전차를 탔다. 전차 창밖으로 그의 리스본이 천천히 지나가는 걸 보았고, 멋진 건물들이 늘어선 리베르다드 대로와 영국풍의 호시우 광장을 바라보았다. 페레이라는 테레이루 두 파수에서 내려 성까지 올라가는 전차로 갈아탔고, 대성당 근처에서 내렸다. 그는 그 근처 사우다드 거리에 살고 있었다. 집까지 이어지는 가파른 길을 힘들게 올라간 페레이라는 대문 열쇠를 찾고 싶지 않아 관리실 초인종을 눌렀다. 집안일을 봐주기도 하는 여자 관리인이 나와 문을 열어주었다. 페레이라 박사님, 저녁식사로 튀긴 고기 요리를 준비했어요, 하고 관리인이 말했다. 페레이라는 고맙다는 인사를 하고 천천히 계단을 올라가, 늘 열쇠를 넣어두는 바닥 깔개 아래서 집 열쇠를 꺼내 안으로 들어갔다. 페레이라는 입구에 있는 책장 앞에서 멈춰 섰다. 그곳에 아내 사진이 있었다. 1927년 마드리드 여행 중 페레이라가 찍은 사진이었다. 에스코리알*의 육중한 윤곽이 보였다. 미안해, 조금 늦었어, 하고 페레이라가 말했다.

얼마 전부터 아내의 사진에 대고 이야기하는 버릇이 생겼다고 페레이라는 주장한다. 낮에 했던 일을 아내의 사진에 대고 이야기했고, 생

---

* 스페인 마드리드 서북쪽에 있는 수도원 겸 왕궁.

각을 털어놓고 조언을 구했다. 나는 딴 세상에서 사는 것 같아, 하고 페레이라는 사진에 대고 말했다. 안토니우 신부도 내게 그런 말을 했어. 문제는 내가 죽음을 생각하는 일 말고는 아무것도 하지 않는다는 거야. 세상 전체가 죽었거나 죽음 직전에 있는 것 같아. 그리고 나서 페레이라는 그들 부부가 가지지 못했던 자식을 생각했다. 그는 자식을 원했지만 불면증이 있는 데다 오랜 요양원 생활을 한 연약하고 아픈 아내에게 그걸 요구할 수는 없었다. 그는 슬펐다. 지금 아들이 있다면, 함께 식탁에 둘러앉아 이야기할 수 있는 다 큰 아들이 있다면, 이젠 거의 기억도 나지 않는 옛날 여행 사진에 대고 이야기할 필요가 없을 것이기 때문이다. 음, 괜찮아, 하고 페레이라는 말했다. 아내 사진을 떠나는 그만의 방식이다. 이윽고 주방으로 간 페레이라는 식탁에 앉아 튀긴 고기 요리가 담긴 냄비 뚜껑을 열었다. 음식이 식었지만 데울 마음은 없었다. 그는 관리인이 준 그대로 식은 음식을 먹곤 했다. 급히 고기 요리를 먹은 페레이라는 욕실에서 겨드랑이를 씻은 다음 새 셔츠에 검은 넥타이를 맸다. 그리고 1927년 마드리드에서 샀던 작은 향수병에 남아 있는 스페인 향수를 조금 뿌렸다. 이윽고 회색 재킷을 걸치고 알레그리아 광장으로 가기 위해 나섰다. 그때가 벌써 저녁 아홉시였다고 페레이라는 주장한다.

3

　그날 저녁 도시는 경찰의 손아귀에 있는 것 같았다고 페레이라는 주장한다. 테레이루 두 파수까지 택시를 타고 가는 내내 경찰이 사방에 깔려 있었다. 열주(列柱) 밑에는 트럭 한 대를 꽉 채울 만큼의 경찰들이 카빈총으로 무장하고 있었다. 아마 시위가 벌어지거나 광장에 사람들이 모이는 게 두려워 전략상 중요한 시내 곳곳에 경찰 병력을 주둔시킨 모양이었다. 사실 페레이라는 약속 장소까지 걸어가고 싶었다. 심장 주치의에게 운동이 필요하다는 말을 들었기 때문이다. 하지만 그 험악한 경찰 부대 앞을 지나갈 용기가 나지 않아서 판케이루스 거리를 지나 피게이라 광장까지 가는 전차를 탔다. 피게이라 광장에서 내렸더니 더 많은 경찰이 있었다고 페레이라는 주장한다. 이번에는 몇 소대 앞을 지나가야 했고, 그는 조금 불안했다. 경찰 무리의 앞을 지나면서

한 간부가 부하들에게 말하는 소리를 들었다. 과격분자들이 늘 숨어 있다는 걸 명심해라, 눈을 크게 뜨고 있는 게 좋을 것이다.

페레이라는 그 간부의 충고를 마치 자신이 들은 양 주변을 돌아보았다. 하지만 눈을 크게 뜨고 있어야 할 필요는 없는 듯했다. 리베르다드 대로는 조용했고, 열려 있는 길거리 아이스크림 가게에서는 사람들이 작은 테이블에 앉아 시원한 아이스크림을 먹고 있었다. 그는 조용히 중심가 보도를 산책했다. 그때 음악 소리가 들렸다고 페레이라는 주장한다. 감미롭고 우수 어린 음악, 코임브라 대학 시절의 기타 연주곡이었다. 페레이라는 음악과 무장한 경찰이 공존한다는 것이 이상했다. 음악 소리는 알레그리아 광장에서 들려오는 것 같았는데, 과연 그랬다. 광장에 가까워질수록 음악 소리가 커졌기 때문이다.

포위된 도시의 광장 같지 않았다고 페레이라는 주장한다. 경찰은 보이지 않았고 술에 취한 사람처럼 벤치에 앉아 꾸벅꾸벅 졸고 있는 야간 경비원 한 사람만 보였다. 색종이로 만든 꽃 장식과 노란색, 녹색 색등들이 창문과 창문 사이 줄에 매달려 광장을 아름답게 장식했다. 테이블도 몇 개 놓여 있었고 몇 쌍의 사람들이 춤을 추고 있었다. 나무와 나무 사이에 걸어놓은 현수막이 보였다. 거기에는 큼지막한 글씨로 '프란시스코 프랑코 만세'라고 적혀 있었다. 그 아래 좀더 작은 글씨로는 '스페인의 포르투갈 군대 만세'라고 적혀 있었다.

그때서야 그것이 살라자르* 추종자들의 축제임을 알았다고 페레이라는 주장한다. 그래서 경찰이 주둔할 필요가 없었던 것이다. 그때서

---

* 포르투갈 정치가. 1932년 총리에 취임하여 이후 36년간 1당 독재체제를 구축했다. 스페인 내란 당시 독일, 이탈리아와 함께 프랑코파를 지원하여 군대를 파병했다.

야 많은 사람들이 녹색 셔츠에 목에는 손수건을 맨 모습이 보였다. 그는 겁에 질려 걸음을 멈추었다. 잠시 여러 가지 생각이 들었다. 몬테이루 로시가 살라자르 추종자일 수도 있다고 생각했다. 자신이 팔던 멜론에 피를 뿌리며 죽은 알렌테주 짐마차꾼이 생각났다. 안토니우 신부가 그곳에 있는 자신을 보면 뭐라고 할까도 생각했다. 이 모두를 생각하며 야간 경비원이 꾸벅꾸벅 졸고 있는 벤치에 앉아 떠오르는 생각에 자신을 맡겼다. 아니 음악에 자신을 맡겼다고 할 수 있겠다. 왜냐하면 이 모든 상황에도 불구하고 음악이 마음에 들었기 때문이다. 나이 지긋한 두 남자가 한 사람은 비올라를, 한 사람은 기타를 연주하고 있었다. 페레이라가 대학생이었고 삶을 빛나는 미래로 생각했던 젊은 시절, 코임브라 시절 들었던 가슴 저미는 음악이었다. 그때는 그도 학교 축제에서 비올라를 연주했고, 마르고 민첩했으며 여자들에게 인기가 많았다. 예쁜 아가씨들도 그에게 열광했다. 그런데 그는 시를 쓰고 두통이 잦던 약하고 창백한 아가씨에게 마음을 빼앗겼다. 이윽고 삶의 여러 가지 것들이 떠올랐지만, 이것들을 말하고 싶지는 않다. 왜냐하면 개인적인, 오직 그만의 개인적인 일이고 그날 저녁 일과 멋모르고 가게 된 그 축제에 대해 다른 말을 덧붙이고 싶지 않기 때문이다. 그러다가 어느 순간 밝은색 셔츠를 입은 키가 크고 마른 청년이 테이블에서 일어나 두 늙은 음악가 사이로 끼어드는 것을 보았다고 페레이라는 주장한다. 왠지 가슴이 저려왔다. 그 청년에게서 자신의 모습을 본 것 같았기 때문이다. 코임브라 시절의 자신을 다시 만난 듯했다. 생김새가 아니라 행동 방식과 앞머리를 내린 머리 모양이 과거 자신과 다소 닮았기 때문이다. 청년은 나폴리 민요 〈오 솔레 미오〉를 노래하기 시작했다. 노랫말은 몰랐지만 힘과 삶이 담긴 아름답고 맑은 노래였고, 페레이라가 아는 것은 '오 솔레 미오'라는 말뿐이었다. 청년이 노래하는 동안 대서양에서 바람이 다시 불어 시원한 저녁이었다. 모든 것이 아름답게 보였다. 말하고 싶지 않은 그의 지난 인생, 리스본, 색등 위로 보이는 하늘이 아름답게 느껴졌다. 강렬한 향수에 젖었지만 무엇에 대한 향수인지 페레이라는 말하고 싶지 않다. 아무튼 노래를 부른 그 청년이 오후에 통화했던 사람이라는 걸 알았다. 청년이 노래를 마치자 페레이라는 벤치에서 일어났다. 망설임보다는 호기심이 더 강했기 때문에 테이블로 가서 혹시 몬테이루 로시 씨냐고 물었다. 몬테이루 로시는 일어나려다가 테이블에 부딪쳐 놓여 있던 맥주잔을 넘어뜨렸고, 그의 멋진 흰색 바지에 온통 맥주 얼룩이 졌다. 죄송합니다, 하고 페레이라가 우물거렸다. 제가 부주의했는데요 뭐, 종종 이러는 걸요, 당신이 〈리스보아〉의 페레이라 박사님이시군요, 자 앉으십시오, 하고 청년이 말했다. 그러면서 손을 내밀었다.

　당혹감을 느끼며 자리에 앉았다고 페레이라는 주장한다. 그곳은 자신이 있을 자리가 아니고, 민족주의자들의 축제에서 낯선 남자와 만나는 게 부조리하며, 안토니우 신부는 그의 이런 모습을 용납하지 않을 거라고 마음속으로 생각했다. 청년에게 용서를 구하고 집으로 돌아가 아내의 사진에 대고 이야기하고 싶었다. 이런 모든 생각 끝에 그는 단도직입적으로 질문할 용기를 얻었다. 지나치게 깊이 생각하지 않고 그저 대화를 시작하기 위해 몬테이루 로시에게 물었다. 이것은 살라자르 청년대의 축제군요. 당신은 살라자르 추종자인가요?

　몬테이루 로시는 이마로 흘러내린 앞머리를 쓸어 넘기며 대답했다.

저는 철학을 전공했고, 철학과 문학에 관심이 있습니다, 하지만 이런 것이 〈리스보아〉와 관계있습니까? 관계있습니다, 우리는 자유독립신문을 만들고 정치에 관여하고 싶지 않기 때문입니다, 라고 말했다고 페레이라는 주장한다.

한편 두 늙은 음악가가 다시 연주를 시작했고, 우수에 젖은 현(絃)에서 프랑코를 찬양하는 노래를 끌어냈다. 그 자리가 불편했지만 순간 페레이라는 자신이 게임 중이며 이제 게임을 시작해야 한다는 걸 깨달았다. 이상하게도 게임을 할 준비가 됐으며 상황을 손안에 쥐고 있다고 생각했는데, 왜냐하면 자신은 〈리스보아〉의 페레이라 박사이고 앞에 있는 청년은 자신의 처분만 기다리고 있는 사람이기 때문이다. 그래서 이렇게 말했다. 나는 죽음에 대한 당신의 글이 실린 기사를 읽었습니다, 아주 흥미롭더군요. 저는 죽음에 관한 논문을 썼습니다, 하고 몬테이루 로시가 대답했다. 그러나 말씀드리는데 순전히 제 머리에서 나온 글은 아닙니다, 잡지에 실렸던 부분을 베껴 썼습니다, 솔직히 고백하는데 일부는 포이어바흐*에게서, 일부는 프랑스 정신주의자에게서 베꼈습니다, 지도교수님도 눈치채지 못하셨죠, 교수들은 사람들이 생각하는 것보다 더 무식합니다. 저녁 내내 준비했던 질문을 할까 말까 몇 번이나 망설였다고 페레이라는 주장한다. 결국 결심을 굳히고, 일단 주문을 받으러 온 녹색 셔츠 차림의 젊은 종업원에게 음료수 한 잔을 주문했다. 미안하지만, 페레이라는 몬테이루 로시에게 말했다. 난 술은 마시지 않고 레모네이드만 마십니다, 레모네이드

---

* 19세기 독일 철학자. 저서에 『죽음과 불멸에 대한 고찰』이 있으며 마르크스와 엥겔스에게 큰 영향을 미쳤다.

한 잔 마시겠습니다. 그는 레모네이드를 홀짝이며 누군가 그의 말을 듣고 검열이라도 하는 듯 작은 목소리로 물었다. 실례지만 당신한테 물어보고 싶은 게 있습니다, 죽음에 관심 있습니까?

몬테이루 로시는 활짝 웃었다. 이것이 그를 당황시켰다고 페레이라는 주장한다. 몬테이루 로시가 큰 소리로 외쳤다. 페레이라 박사님 무슨 말씀이십니까, 저는 삶에 더 관심이 있습니다. 그러더니 몬테이루 로시는 목소리를 낮춰 말했다. 저, 페레이라 박사님, 전 죽음이 진저리 납니다, 이 년 전에 저희 어머님이 돌아가셨습니다, 포르투갈 분이었고 선생님이셨죠, 뇌동맥류 파열, 결국 혈관이 갑자기 터졌다는 걸 복잡하게 표현한 이 병으로 하룻밤 만에 돌아가셨습니다, 작년엔 저희 아버님이 돌아가셨고요, 이탈리아 분이었고 리스본 항만에서 조선 기사로 일하셨죠, 아버님은 유산을 좀 남겨주셨지만 이것도 이미 바닥났습니다, 아직 할머니께서 이탈리아에 살고 계시지만 열두 살 이후 보지 못했고, 이탈리아에 가고 싶지도 않습니다, 그쪽 상황은 우리나라보다 더 나쁜 것 같거든요, 죽음이 진저리 납니다, 페레이라 박사님, 제가 너무 솔직했다면 죄송합니다, 그런데 왜 이런 질문을 하시는 거죠?

페레이라는 레모네이드를 한 모금 마시고 손등으로 입을 닦으며 말했다. 단순히 작가들의 추모 기사나 중요한 작가가 죽었을 때 사망 기사를 신문에 싣기 위해서입니다, 사망 기사는 그 자리에서 뚝딱 만들어지는 게 아닙니다, 미리 준비해놓을 필요가 있죠, 나는 우리 시대의 위대한 작가들을 위해 미리 사망 기사를 써줄 사람을 찾고 있습니다, 모리아크가 내일 당장 죽는다고 상상해보십시오, 나 같은 사람이 이런 곤란한 상황을 어떻게 해결하겠습니까?

몬테이루 로시가 맥주를 한 잔 더 주문했다고 페레이라는 주장한다. 페레이라를 만나고부터 청년은 적어도 맥주 세 잔을 마셨고, 그쯤이면 이미 술기운이 돌거나 적어도 술에 약간 취해 있어야 했다. 몬테이루 로시는 자꾸 이마 위로 흘러내리는 앞머리를 정리하며 말했다. 페레이라 박사님, 저는 몇 개 언어에 능통하고 우리 시대의 작가들을 알고 있습니다, 저는 삶을 좋아하지만 당신이 내가 죽음에 대해 말해주길 원한다면, 그리고 오늘 저녁 나폴리 민요를 노래하는 대가로 받은 돈만큼 보수를 준다면 박사님 요구대로 할 수 있습니다, 내일모레 가르시아 로르카의 추모 기사를 써드리죠, 가르시아 로르카 어떻습니까? 가르시아 로르카는 스페인 아방가르드를 만들어냈습니다, 우리의 페소아가 포르투갈 모더니즘을 만들어냈듯 말입니다, 그리고 그는 완벽한 예술가였습니다, 시, 음악, 회화에 훌륭한 재능을 가지고 있었지요.

가르시아 로르카는 이상적인 인물이 아닌 듯하지만, 주로 예술가로서의 모습만 언급하고 지금의 상황에서 민감할 수 있는 부분들은 건드리지 않으면서 온건히 조심스럽게 이야기를 풀어간다면 아무튼 시도는 해볼 수 있을 거라 대답했다고 페레이라는 주장한다. 그러자 가능한 한 아주 자연스럽게 몬테이루 로시가 그에게 말했다. 저, 이런 말씀드리면 실례인 줄 알지만 가르시아 로르카의 추모 기사를 써드릴 테니 선금을 좀 주실 수 있겠습니까? 새 바지를 사야 해요, 지금 입고 있는 이 바지는 얼룩투성이입니다, 그리고 내일 여자 친구와 외출해야 합니다, 여자 친구가 지금 절 만나러 올 건데 대학에서 만났습니다, 그녀는 마음 맞는 친구고 전 그녀를 무척 좋아합니다, 그리고 전 여자 친구와 영화관에 가고 싶습니다.

4

여자 친구가 왔는데, 밀짚모자를 쓰고 있었다고 페레이라는 주장한
다. 그녀는 아주 아름다웠고 투명한 피부와 녹색 눈에 팔이 매끈했다.
등에서 끈이 교차되는 원피스를 입고 있었는데, 부드럽게 떨어지는
어깨가 강조되었다.

이쪽은 마르타입니다, 몬테이루 로시가 말했다. 마르타, 〈리스보아〉
의 페레이라 박사님을 소개할게, 오늘 저녁 날 고용해주셔서 지금부
터 난 신문기자야, 자, 보라고, 난 일자리를 구했어. 그녀가 말했다.
만나서 반갑습니다, 마르타예요. 그러더니 몬테이루 로시를 향해 말
했다. 이 시간에 내가 왜 이런 곳에 왔는지 모르겠지만, 이미 와 있는
이상, 바보, 왜 나한테 춤을 청하지 않는 거야, 아름다운 음악이 흐르
는 멋진 저녁인데?

페레이라는 혼자 테이블에 남아 있었다고 주장한다. 그는 레모네이드를 한 잔 더 주문해 홀짝홀짝 마시면서 뺨을 맞대고 천천히 춤추는 젊은 한 쌍을 바라보았다. 그러자 그의 지난 인생, 가져보지 못한 자식이 다시 생각났지만 지금 와서 이런 얘기를 하고 싶지 않다고 페레이라는 주장한다. 춤이 끝나고 청년들이 다시 테이블에 앉았다. 마르타는 무심코 얘기하듯 말했다. 오늘 〈리스보아〉를 샀어요, 불행히도 경찰이 마차에서 학살한 알렌테주의 짐마차꾼에 대해서는 일언반구도 없고 미국 요트 이야기뿐이더군요, 재미없는 기삿거리인데 말이에요. 페레이라는 괜히 죄책감을 느끼며 대답했다. 편집장이 휴가로 온천에 있습니다, 난 문화면만 맡고 있습니다, 알다시피 〈리스보아〉는 다음 주부터 문화면을 신설하고 제가 그 면을 담당할 예정이지요.

마르타는 모자를 벗어 테이블에 올려놓았다. 모자를 벗을 때 붉은 빛이 도는 밤색 머리카락이 폭포수처럼 쏟아져 내렸다고 페레이라는 주장한다. 그녀는 남자 친구보다 몇 살 더 많은 스물여섯이나 스물일곱 살쯤으로 보였다. 페레이라는 그녀에게 물었다. 당신은 무슨 일을 하십니까? 전 무역회사에서 상업통신문을 써요, 하고 마르타가 대답했다. 오전에만 일하고 오후에는 책을 읽거나 산책을 하고 이따금 몬테이루 로시를 만나기도 해요. 동료에게 하듯 그녀가 청년에게 깍듯이 성을 붙여 몬테이루 로시라고 부르는 게 이상했다고 페레이라는 주장한다. 아무튼 페레이라는 그렇게 부르는 이유를 따져 묻지 않았고 대화 주제를 바꿨다. 당신이 살라자르 청년대 소속이라고 생각했습니다, 하고 페레이라가 그저 대화를 계속하기 위해 말했다. 그럼 당신은요? 하고 마르타가 반박했다. 아, 페레이라가 말했다, 내 청춘은

꽤 오래전에 지나갔습니다, 내가 정치에 관심이 별로 없다는 사실과는 별개로 정치에 관해 지나치게 광적인 사람들을 나는 좋아하지 않습니다, 세상은 광적인 사람들로 넘쳐나는 것 같습니다. 광신과 신념을 구분해야 해요, 하고 마르타가 대꾸했다, 그래야 이상을 품을 수 있거든요 예를 들어 인간은 자유롭고 평등하며 형제이다 하는 것들요, 죄송해요, 결국 프랑스 혁명 구호를 외치고 말았네요, 당신은 프랑스 혁명을 믿으시나요? 이론적으로는 그렇습니다, 라고 페레이라가 대답했다. 그는 이론적으로라고 말한 것을 후회했다. 실제적으로는 그렇습니다, 라고 말하고 싶었기 때문이다. 그러나 결국 페레이라는 그가 생각했던 것을 말한 셈이었다. 그때 두 늙은 음악가가 비올라와 기타로 왈츠를 연주하기 시작했다. 마르타가 말했다. 페레이라 박사님, 이번 왈츠를 당신과 함께 추고 싶어요. 페레이라는 일어나 마르타가 잡을 수 있게 팔을 내밀어 무도장으로 안내했다고 주장한다. 마법에 걸려 뱃살과 온몸의 살집이 사라지기라도 한 것처럼 그는 왈츠를 열정적으로 추었다. 페레이라는 춤을 추며 알레그리아 광장의 색등 위 하늘을 쳐다보았다. 자신이 우주와 합쳐져서 아주 작은 존재로 느껴졌다. 우주의 어떤 작은 광장에서 젊은 여자와 춤을 추는 뚱뚱한 초로의 남자가 있다, 별들은 돌아가고 우주는 움직인다, 누군가 무한의 관측소에서 우리를 내려다보고 있을지 모른다, 라고 그는 생각했다. 이윽고 그들은 테이블로 돌아왔고 페레이라는 왜 나는 자식이 없을까? 하고 생각했다고 주장한다. 그날 오후처럼 푹푹 찌는 더위에는 탈이 잘 나기 때문에 레모네이드가 건강에 좋을 거라고 생각하며 페레이라는 한 잔 더 주문했다. 한편 마르타는 아주 편안한 듯 수다를

떨다가 말했다. 몬테이루 로시가 기자가 되겠다는 계획을 제게 얘기했어요, 좋은 생각 같아요, 떠날 때가 된 작가들이 참 많아요, 자신을 단눈치오라고 부르게 했던 그 참을 수 없는 라파네타*는 다행히 몇 년 전에 죽었지만요, 하지만 클로델, 그 맹신자, 그 사람은 한번 생각해볼 만하지 않나요? 분명 당신네 신문은 가톨릭 성향인 듯하지만 클로델 이야기는 할 수 있을 거예요, 그리고 마리네티 그 악당, 전쟁과 박격포를 노래하고 난 뒤에 무솔리니의 검은 셔츠단 편에 선 그런 악질도 우리 곁을 떠나는 게 좋아요. 페레이라는 삐질삐질 땀이 났다고 주장한다. 페레이라가 소곤거렸다. 아가씨, 목소리를 낮춰요, 우리가 어디 있는지 알고나 하는 소린지 모르겠군요. 그러자 마르타는 모자를 다시 쓰며 말했다. 음, 이런 곳은 진저리 나요, 절 짜증 나게 하죠, 조금 이따 군대행진곡을 연주할 거예요, 몬테이루 로시와 당신을 두고 먼저 일어나는 게 좋겠어요, 분명 두 사람이 할 얘기가 있을 테니까요, 저는 테주 강까지 갈래요, 시원한 공기를 쐬고 싶거든요, 좋은 밤 되세요.

　마음이 좀 편안해졌다고 페레이라는 주장한다. 레모네이드를 다 마시고 한 잔 더 마시려다가 머뭇거렸다. 몬테이루 로시가 얼마나 더 거기 있을지 아직 몰랐기 때문이다. 한 잔 더 마시는 게 어떻겠습니까? 페레이라의 물음에 몬테이루 로시는 동의했고, 저녁 내내 한가하다고 말했다. 그는 문학에 대해 토론하고 싶은데 오직 철학에 관심 있는 사람들만 알고 있어서 그럴 기회가 별로 없었다고 말했다. 그 순간 페레

---

* 이탈리아 작가 단눈치오의 본명.

이라의 머릿속에 실패한 문인이었던 삼촌이 늘 해주던 말이 떠올라서 청년에게 해주었다. 철학은 오직 진리에 관계된 것 같아 보이지만 환상만을 말하는 듯하고, 문학은 오직 환상에 관계된 것 같아 보이지만 진리를 말하는 듯하다고 페레이라가 말했다. 몬테이루 로시는 웃으며 두 학문에 관한 멋진 정의인 것 같다고 말했다. 페레이라가 몬테이루 로시에게 물었다. 베르나노스에 대해 어떻게 생각합니까? 몬테이루 로시는 처음에 다소 당황한 듯하더니 물었다. 가톨릭 작가인가요? 페레이라가 고개를 끄덕이며 그렇다고 하자 몬테이루 로시가 작은 소리로 말했다. 저, 페레이라 박사님, 오늘 전화로 말씀드렸듯이 저는 죽음에 대해 별로 생각하지 않습니다, 가톨릭에 대해서도 별로 생각해본 적이 없습니다, 제 부친은 조선 기사였고, 진보와 기술을 믿는 현실적인 분이었습니다, 제 부친은 이런 종류의 교육을 제게 하지 않았습니다, 사실 이탈리아 분이셨는데도 현실에 대한 실용주의 비전을 가진 영국식으로 절 교육시켰던 것 같습니다, 전 문학을 좋아하지만 우리의 취향이 서로 맞지 않는 것 같군요, 게다가 몇몇 작가들에 관해서는 더욱 그렇습니다, 하지만 저는 일자리가 너무 필요하기 때문에, 박사님이 원하는, 아니 박사님의 신문이 기획한 모든 작가들의 사망 기사를 미리 쓸 준비가 되어 있습니다. 그때 자존심이 발동했다고 페레이라가 주장한다. 젊은 청년이 그에게 직업윤리에 관한 강의를 하려는 게 화가 났다. 청년이 거만하게 보였다. 그래서 페레이라도 거만한 말투를 쓰기로 결심하고 대답했다. 난 편집장 의견에 따르지 않고 독립적으로 내 문학적 선택을 할 수 있습니다, 내가 문화면을 책임지고 있기 때문에 내가 좋아하는 작가들을 선택합니다, 그래서 난 당신에게 일을 맡기기로 결심했고 당신에게 선택할 자유를 줄 겁니다, 난 베르나노스와 모리아크를 추천하고 싶습니다, 왜냐하면 내가 좋아하니까요, 하지만 작가 선정에 관한 한 당신에게 전적으로 결정을 맡기겠습니다, 당신 마음대로 하십시오. 그때 저지른 너무 위험한 짓을 후회했다고 페레이라는 주장한다. 잘 알지도 못하고 순진하게 자신의 대학 논문은 베낀 거라고 고백한 그 청년에게 선택권을 맡긴 것을 두고 편집장과 부딪히게 될 것이기 때문이었다. 잠시 페레이라는 자신이 덫에 걸려든 느낌이 들었다. 자진해서 어리석은 상황에 빠지고 말았다는 생각이 들었다. 그러나 다행히 몬테이루 로시는 대화를 시도하며 베르나노스에 대해 말하기 시작했다. 듣기에는 아주 잘 알고 있었다. 청년이 말했다. 베르나노스는 용기 있는 사람이지만 자기 영혼의 깊은 곳을 말하길 두려워했습니다. 영혼이라는 그 말에 페레이라는 다시 기운이 솟았는데, 마치 영혼이라는 말이 치료제가 되어 병상에서 일어난 기분이었다고 주장한다. 그래서 다소 어리석은 질문을 했다. 당신은 육신의 부활을 믿습니까? 전 생각해본 적이 없습니다, 하고 몬테이루 로시가 대답했다, 제가 관심 있어 하는 문제가 아닙니다, 제가 관심을 갖는 문제는 아니라는 점을 다시 한 번 말씀드리지만, 내일 편집에는 참여할 수 있습니다, 베르나노스의 사망 기사를 미리 써드릴 수도 있습니다, 하지만 솔직히 가르시아 로르카의 추모 기사를 더 쓰고 싶습니다. 네, 페레이라가 말했다, 편집은 내가 합니다, 난 호드리구 다 폰세카 거리 66번지에 있습니다, 알레샨드르 에르쿨라누 거리 근처, 유대식 정육점과 가깝죠, 계단에서 수위를 만나더라도 놀라지 마십시오, 추한 할망구예요, 페레이라 박사와 약속이 되어

있다고 말하고 그외에 너무 많은 이야기는 하지 마십시오, 경찰 끄나
풀 같으니까요.

왜 이 얘기를 했는지 모르겠다고 페레이라는 주장한다. 단순히 그
여자 수위와 살라자르의 경찰이 싫었기 때문일 수도 있다. 사실 그에
게 그런 얘기를 하긴 했지만 아직 잘 알지 못하는 그 청년과 모종의
공모 관계를 만들려던 것은 아니었다. 정확한 이유는 모르겠지만 확
실히 그런 이유 때문은 아니었다고, 페레이라는 주장한다.

5

　다음 날 아침 일어났을 때 빵 조각 사이에 치즈오믈렛을 넣은 샌드위치가 준비되어 있었다고 페레이라가 주장한다. 열시였고 아파트 관리인이자 가사도우미 피에다드는 여덟시에 왔다. 편집실에 갈 때 점심 도시락으로 싸가라고 준비해준 게 분명했다. 페레이라는 치즈오믈렛을 아주 좋아했는데 피에다드는 그의 이런 식성을 아주 잘 알았다. 그는 커피 한 잔을 마시고 목욕을 한 다음 재킷을 입었지만 넥타이는 매지 않기로 했다. 하지만 넥타이를 주머니에 넣었다. 페레이라는 나가기 전에 아내의 사진 앞에 멈춰 서서 말했다. 몬테이루 로시라는 청년을 만났어, 그를 외부 기고자로 고용해서 작가들의 사망 기사를 미리 쓰게 하려고, 아주 영리한 청년이라고 생각했는데 조금 멍청해 보이기도 해, 우리 사이에 아들이 있었다면 그 청년 나이쯤 됐을 거야,

앞머리를 내린 게 나랑 조금 닮기도 했어, 나도 앞머리를 내리고 다녔던 거 기억하지? 코임브라 대학에 다니던 시절이었지, 음, 또 무슨 말을 해야 할지 모르겠네, 어쨌든 오늘 편집실로 날 찾아올 거야, 사망 기사를 써오기로 했거든, 그 청년한테는 마르타라는 아름다운 여자 친구가 있어, 머리 색깔은 구릿빛이야, 한데 지나치다 싶을 정도로 자신만만한 여자고 정치 얘기도 하더라고, 그래도 걱정 마, 두고 보자고.

페레이라는 알레샨드르 에르쿨라누 거리까지 전차를 탔고 그다음 호드리구 다 폰세카 거리까지 힘들게 걸어 올라갔다. 몹시 더운 날이었기 때문에 건물 앞에 도착했을 땐 땀에 흠뻑 젖어 있었다. 건물 현관에서 평소처럼 여자 수위를 만났다. 안녕하세요, 페레이라 박사님 하고 수위가 그에게 인사했다. 페레이라는 고갯짓으로 그녀에게 인사한 후 계단을 올라갔다. 편집실에 들어서자마자 재킷을 벗고 셔츠 차림으로 선풍기를 켰다. 그는 무엇을 해야 할지 몰랐고 시간은 정오에 가까웠다. 싸가지고 온 오믈렛 샌드위치를 먹을까 생각했지만 아직 일렀다. 그때 특집 기사 '추모사'가 생각나서 글을 쓰기 시작했다. "삼 년 전 위대한 시인 페르난두 페소아가 사망했다. 그는 영어 교육을 받았지만 포르투갈어로 시를 쓰기로 결심했다. 자신의 모국어가 포르투갈어라고 주장했기 때문이다. 그는 시집 『메시지』와 잡지를 통해 수많은 아름다운 시를 우리에게 남겼다. 이 시집은 자신의 모국을 사랑했던 위대한 예술가가 본 포르투갈의 역사이다." 쓴 글을 다시 읽어보니 역겨웠다. 역겹다는 말이 옳은 말이었다고 페레이라는 주장한다. 그래서 쓴 것을 휴지통에 버리고 다시 썼다. "페르난두 페소아가 삼 년 전에 우리 곁을 떠났다. 그를 알아준 사람은 소수였다, 아니 거의 없었다. 그는 포르투갈에서 이방인처럼 살았다. 어딜 가나 그는 이방인이었을지 모른다. 그는 허름한 여관이나 월세방에서 외롭게 살았다. 친구들, 동료들, 시를 사랑했던 사람들이 그를 기억하고 있다."

페레이라는 오믈렛 샌드위치를 들고 한입 베어 물었다. 그 순간 노크 소리가 들렸고 그는 오믈렛 샌드위치를 서랍에 숨기고 타자기 용지로 입을 닦으며 말했다. 들어오세요. 몬테이루 로시였다. 안녕하세요, 페레이라 박사님, 몬테이루 로시가 말했다. 죄송합니다, 제가 좀 빨리 왔습니다, 글 쓴 걸 가져왔습니다, 어제저녁 집에 돌아가자 영감이 떠오르더군요, 그건 그렇고 여기 신문사에서 뭔가 먹을 수 있을 거라고 생각했습니다만. 페레이라는 이 방은 신문사가 아니고 단지 분리된 문화면 편집실일 뿐이라는 점을 차근차근 설명했다. 페레이라 혼자 문화면 편집실을 지키고 있고, 이미 그에게 말했듯이 〈리스보아〉는 작은 규모의 석간신문사이기 때문에 편집실은 책상 하나와 선풍기 한 대를 갖춘 방일 뿐이라고 설명했다. 몬테이루 로시는 자리에 앉아 두 번 접은 종이를 꺼냈다. 페레이라는 종이를 받아들고 읽었다. 신문에 실을 수 없는, 정말 실을 수 없는 기사였다고 페레이라는 주장한다. 가르시아 로르카의 죽음을 묘사한 글은 이렇게 시작됐다. "이 년 전 모호한 상황에서 위대한 스페인 시인 페데리코 가르시아 로르카가 우리 곁을 떠났다. 그가 살해되었기 때문에 사람들은 그의 정치적 반대 세력을 의심한다. 어떻게 그런 야만적 행위가 일어날 수 있는지 전 세계가 아직도 의아해하고 있다."*

---

* 스페인의 시인이자 극작가인 가르시아 로르카는 내란이 일어난 직후 소련의 스파이라는 혐의를 받아 프랑코 지지자들에게 체포되었고, 정식 재판도 받지 못한 채 총살당했다.

페레이라는 종이에서 고개를 들며 말했다. 친애하는 몬테이루 로시 씨, 당신은 훌륭한 소설가로군요, 하지만 우리 신문은 소설을 쓰기에 적당한 곳이 아닙니다, 신문에서는 진실과 일치하는 것, 혹은 진실에 가까운 것만 씁니다, 당신은 작가가 어떻게, 어떤 상황에서, 왜 죽었는지 말해서는 안 됩니다, 단순히 죽었다는 사실만 말해야 합니다, 그리고 소설이나 시 같은 작가의 작품들에 대해 얘기해야 합니다, 그런 식으로 사망 기사를 써야 합니다, 그러니까 결국 작가의 초상과 작품을 묘사하고 비판해야 하는 겁니다, 당신이 쓴 것은 전혀 쓸모없군요, 가르시아 로르카의 죽음은 아직도 미스터리입니다, 그런데 만일 당신이 말한 것과 사실이 다르다면 어쩔 겁니까?

몬테이루 로시는 페레이라가 기사를 다 읽지 않고 말했다고 반박했다. 좀더 읽어보면 작품과 인물, 한 인간으로서와 예술가로서의 위상이 나타나 있다고 말했다. 페레이라는 인내심 있게 계속 읽어나갔다. 위험했다고, 기사가 위험했다고 페레이라는 주장한다. 기사는 가르시아 로르카가 「베르나르다 알바의 집」에서 날카로운 공격의 대상으로 삼았던 스페인의 내면, 가톨릭 정신이 투철한 스페인 대해 이야기했다. 가르시아 로르카가 민중 속으로 데려간 순회극단 '바라카'에 대해서도 이야기했다. 문화와 연극에 목말라 있던 스페인 민중을 가르시아 로르카가 만족시켰다는 찬사가 담겨 있었다. 페레이라는 기사에서 고개를 들어 머리를 정리하고, 셔츠 소매를 걷어 올리며 말했다고 주장한다. 친애하는 몬테이루 로시 씨, 솔직히 말씀드리는데, 당신 기사는 신문에 실을 수 없습니다, 정말이지 실을 수가 없어요, 우리 신문사뿐만 아니라 다른 포르투갈 신문도 마찬가지일 겁니다, 당신 고국인 이탈리아의 신문도 그럴 거예요, 두 가지 가능성이 있습니다, 당신은 아무 생각 없는 사람이거나 아니면 선동자일겁니다, 지금 포르투갈의 언론은 아무 생각 없는 사람도 선동자도 원하지 않습니다, 이것이 내가 말씀드릴 수 있는 전부입니다.

이 말을 하는 동안 등줄기를 타고 땀이 줄줄 흘러내렸다고 페레이라는 주장한다. 왜 땀이 났을까? 어찌 알겠는가. 페레이라는 정확하게 그 이유를 말할 수 없다. 아마도 날씨가 몹시 더웠기 때문이리라. 선풍기가 그 비좁은 방을 충분히 시원하게 해주지 못했으므로 사실 의심의 여지가 없었다. 하지만 그 청년을 가슴 아프게 했기 때문일 수도 있었다. 청년은 페레이라가 말하는 동안 당황하고 실망한 기색으로 그를 바라보았고 손톱을 물어뜯었다. 그만 됐습니다, 시험 삼아 고용해봤는데 쓸모가 없군요, 안녕히 가십시오, 하고 청년에게 말할 용기가 나지 않았다. 대신 팔짱을 낀 채 몬테이루 로시를 가만히 쳐다보았다. 몬테이루 로시가 말했다. 기사를 다시 쓰겠습니다, 다시 써서 내일 가져오겠습니다. 아, 아닙니다, 페레이라는 말할 용기를 얻었다. 부탁인데 가르시아 로르카는 안 됩니다, 그의 삶과 죽음은 너무 문젯거리가 많아서 〈리스보아〉 같은 신문에 맞지 않습니다, 당신이 아는지 모르겠지만, 몬테이루 로시 씨, 지금 스페인에서 내란*이 일어났습니다, 포르투갈 정부는 프란시스코 프랑코 장군을 스페인으로 생각하고 가르시아 로르카는 배신자라고 생각합니다, 그래요 배신자 말입니다.

---

* 스페인 내란(1936년 7월~1939년 3월). 스페인 제2공화국에 좌익 인민전선 정부가 수립되자 교회, 대지주의 지지를 얻은 군부와 우익 정당이 프랑코 장군의 지휘 하에 일으킨 군사 반란. 파시즘 진영이 프랑코파를 지원했고 소련과 코민테른이 공화파를 지원했다.

몬테이루 로시는 이 말에 겁을 집어먹은 것처럼 벌떡 일어나 문까지 뒷걸음쳤다. 이윽고 걸음을 멈추고 한 발짝 걸어 나와 말했다. 전 일거리를 찾았다고 생각했습니다. 페레이라는 대답하지 않았고, 등줄기를 타고 땀이 흘러내리는 것이 느껴졌다. 그러면 저는 이제 어떻게 해야 하죠? 몬테이루 로시는 애원하는 듯한 목소리로 중얼거렸다. 페레이라도 일어나 선풍기 앞으로 갔다고 주장한다. 시원한 바람에 셔츠가 마르기를 기다리며 잠시 침묵했다. 모리아크의 사망 기사를 써주십시오. 하고 페레이라가 대답했다, 아니면 베르나노스의 사망 기사나, 당신이 알아서 선택하십시오, 제 말뜻 이해했습니까? 하지만 전 밤새 일했습니다. 몬테이루 로시가 더듬거리며 말했다, 원고료를 받을 거라 기대했습니다, 많이 요구하지는 않겠습니다, 다만 오늘 점심값 정도만 주십시오. 페레이라는 전날 저녁 이미 새 바지를 살 돈을 선불로 지급했고, 나는 당신의 아버지가 아니기 때문에 매일같이 돈을 줄 수는 없다고 말하고 싶었다. 단호하고 분명한 태도로 말이다. 하지만 이렇게 말하고 말았다. 문제가 오늘 점심이라면, 내가 당신을 점심식사에 초대하죠, 나도 식사 전이고 배가 고프군요, 맛있는 생선구이나 빵가루를 입힌 송아지 커틀릿을 먹으러 가고 싶은데, 당신 생각은 어떻습니까?

왜 페레이라가 그렇게 말했을까? 그가 외로웠고 그 방에 있기가 고통스러웠기 때문일까? 정말 배가 고팠기 때문일까? 아내의 사진이 생각났기 대문일까? 아니면 어떤 다른 이유 때문일까? 그 이유를 말할 수 없을 거라고, 페레이라는 주장한다.

6

어쨌든 청년을 점심식사에 초대했다고 페레이라는 주장한다. 장소는 호시우 레스토랑으로 정했다. 페레이라는 그들에게 알맞은 선택이라고 생각했다. 왜냐하면 그들은 분명 지식인이었고 호시우 레스토랑은 문인들이 즐겨 찾는 카페이자 레스토랑이었기 때문이다. 20년대가 전성기였던 그곳에서 아방가르드 잡지들이 만들어졌고, 문인이라면 누구나 그곳을 찾았다. 아마 누군가는 아직도 찾고 있을 것이다.

그들은 리베르다드 대로를 말없이 내려가 호시우 레스토랑에 도착했다. 페레이라는 실내 테이블을 선택했다. 왜냐하면 천막 아래 야외 테이블은 너무 더웠기 때문이다. 주변을 둘러보았지만 문인은 전혀 보이지 않았다고 페레이라는 주장한다. 문인들은 모두 휴가 중이네요, 하고 침묵을 깨기 위해 페레이라가 말했다. 아마 바다나 시골에서 휴가를 즐기고 있을 겁니다, 시내에는 우리만 남았군요. 아니면 그냥 다들 집에 있을 수도 있습니다, 몬테이루 로시가 대답했다, 이런 날씨에는 돌아다니고 싶지 않을 겁니다. 페레이라는 그 말을 들으면서 뭔지 모를 우울함을 느꼈다고 주장한다. 식당에는 두 사람뿐이었고, 그들의 불안을 함께 나눌 사람은 주위에 없었다. 레스토랑 한쪽 구석에 작은 모자를 쓴 부인 두 명과 수상쩍은 남자 네 명이 앉아 있었다. 페레이라는 외떨어진 테이블을 선택했고, 늘 하던 대로 셔츠 깃 속으로 냅킨을 끼워 넣은 다음 백포도주를 주문했다. 반주를 한 잔 마시고 싶습니다, 페레이라가 몬테이루 로시에게 설명했다, 평소에는 술을 마시지 않지만 지금은 반주를 마시고 싶군요. 몬테이루 로시가 생맥주 한 잔을 주문하자, 페레이라는 백포도주를 좋아하지 않느냐고 물었다. 전 맥주가 더 좋습니다, 몬테이루 로시가 대답했다, 맥주가 더 시원하고 가볍거든요, 그리고 포도주에 대해서는 잘 모릅니다. 유감이군요, 페레이라가 말했다, 좋은 비평가가 되려면 취향을 세련되게 가꾸어야 합니다, 교양을 쌓고 포도주나 음식, 세상을 배워 알아야 합니다. 그리고 문학도요, 하고 덧붙였다. 그 순간 몬테이루 로시가 더듬거리며 말했다. 당신에게 고백할 게 하나 있지만 용기가 나지 않습니다. 자 말해보십시오, 하고 페레이라가 말했다, 못 들은 걸로 하겠습니다. 조금 이따가요, 하고 몬테이루 로시가 말했다.

페레이라는 감성돔구이를 주문했다고 주장한다. 몬테이루 로시는 가스파초 수프와 해산물 리소토를 주문했다. 리소토가 커다란 테라코타 테린 접시에 담겨져 나왔다. 몬테이루 로시는 3인분을 먹었다고 페레이라는 주장한다. 몬테이루 로시는 그 많은 양을 다 먹어치웠다.

엄청난 식성이었다. 이윽고 몬테이루 로시는 이마로 흘러내린 앞머리를 정리하며 말했다. 아이스크림이나 그냥 레몬셔벗을 먹고 싶습니다. 페레이라는 점심값이 얼마나 나올지 머릿속으로 계산했다. 리스본의 문인들을 만날 수 있을 거라 생각했지만 작은 모자를 쓴 부인 두 명과 수상쩍은 남자 네 명이 한쪽 구석 테이블에 앉아 있을 뿐인 그 레스토랑에서 일주일치 봉급의 상당 부분이 날아가게 생겼다는 결론에 이르렀다. 다시 땀이 나서 셔츠 깃 속에 끼워 넣었던 냅킨을 빼내고 시원한 광천수와 커피를 주문했다. 그러고는 몬테이루 로시의 눈을 마주 보며 말했다. 식사 전에 고백하고 싶다던 얘기를 이제 해보시죠. 천장을 쳐다보던 몬테이루 로시가 그를 보았지만 이내 시선을 피했고, 헛기침을 하며 아이처럼 얼굴이 빨개진 채로 말했다고 페레이라는 주장한다. 제가 조금 당황했습니다, 죄송합니다. 도둑질과 부모님의 명예를 더럽히는 일만 아니라면 이 세상에서 부끄러운 건 없습니다, 하고 페레이라가 말했다. 몬테이루 로시는 입 밖으로 튀어나오려는 말을 막으려는 듯 냅킨으로 입을 닦더니, 이마로 흘러내린 앞머리를 정리하며 말했다. 어떻게 말해야 할지 모르겠네요, 박사님이 전문성을 요구하고 있고, 제가 이성적으로 생각해야 한다는 걸 잘 압니다. 하지만 사실 전 다른 원칙을 따르고 싶었습니다. 좀더 자세히 설명해주십시오, 페레이라가 몬테이루 로시를 재촉했다. 음, 몬테이루 로시가 더듬거리며 말했다, 음, 사실, 사실 전 마음의 원칙을 따랐습니다, 그래서는 안 되고, 그러고 싶지 않지만 마음의 원칙이 저보다 더 강합니다, 맹세코 전 지성의 원칙으로 가르시아 로르카의 사망 기사를 쓸 수 있는 능력이 있지만, 마음의 원칙이 저보다 더 강했습니다. 몬테이루 로시는 다시 냅킨으로 입을 닦더니 덧붙였다. 그리고 전 마르타를 사랑합니다. 그게 무슨 상관이죠? 하고 페레이라가 반문했다. 모르겠습니다, 몬테이루 로시가 대답했다, 아마 상관없겠지만 이 것도 마음의 원칙입니다, 그렇지 않습니까? 이것도 그 나름대로 문제입니다. 문제는 당신은 당신보다 더 큰 문제에 얽혀들어서는 안 된다는 겁니다, 라고 페레이라는 말하고 싶었다. 문제는 세상이고, 분명 우리는 그걸 해결할 수 없습니다, 라고 페레이라는 말하고 싶었다. 문제는 당신이 젊다는 것, 너무 젊다는 겁니다, 내 아들뻘 되는 나이죠, 라고 페레이라는 말하고 싶었다. 하지만 당신이 나를 당신 아버지쯤으로 생각하는 것은 원치 않습니다, 나는 당신의 모순을 해결하기 위해 여기 있는 게 아닙니다, 문제는 우리 사이에 정확하고도 전문가적인 관계가 형성되어야 한다는 겁니다, 당신은 글 쓰는 법을 배워야 합니다, 만약 마음의 원칙으로 글을 쓴다면 당신은 복잡하고 큰 문제들을 만나게 될 거라고 나는 확신합니다, 라고 페레이라는 말하고 싶었다.

그러나 페레이라는 이 모든 얘기를 하나도 하지 않았다. 시가에 불을 붙이고, 이마 위로 흘러내리는 땀을 냅킨으로 닦고 셔츠의 첫 단추를 풀고 나서 말했다. 마음의 원칙은 아주 중요한 것입니다, 늘 마음의 원칙을 따를 필요가 있죠, 십계명에는 이런 얘기가 없지만 나는 그렇게 말할 수 있습니다. 아무튼 눈을 크게 뜨고 있어야 합니다, 모든 사실에도 불구하고, 마음이 중요합니다, 네, 동의합니다, 하지만 눈을 크게 뜨고 있어야 합니다, 몬테이루 로시 씨, 이것으로 우리의 점심은 끝났습니다, 앞으로 사나흘 동안은 내게 전화하지 마십시오, 생각할 시간을 줄 테니 뭔가 잘 써보십시오, 하지만 정말 잘 써야 합니다, 다음 토요일 정오 무렵에 편집실로 전화하십시오.

페레이라는 일어나 악수를 청하며 잘 가라고 말했다. 전혀 다른 말을 하고 싶었는데, 그를 비난하고 심지어 해고하고 싶었는데 왜 그런 말을 했을까? 페레이라는 그 이유를 말하지 못한다. 레스토랑이 한적했기 때문일까? 문인을 한 사람도 보지 못했기 때문일까? 이 도시에서 혼자라고 느껴져 공범자나 친구가 필요했기 때문일까? 이런 이유들 때문일 수도 있고 혹은 그가 설명할 수 없는 다른 이유들 때문일 수도 있다. 마음의 원칙이란 정확히 알기 어려운 거라고, 페레이라는 주장한다.

7

돌아오는 금요일, 오믈렛 샌드위치 도시락을 들고 편집실에 도착했을 때, 〈리스보아〉의 우편함 밖으로 삐죽 나온 봉투 하나를 보았다고 페레이라는 주장한다. 봉투를 집어 주머니에 넣었다. 이층으로 올라가는 층계참에서 여자 수위를 만났다. 수위가 말했다. 안녕하세요, 페레이라 박사님, 박사님께 편지가 왔어요, 속달로요, 아홉시에 우편배달부가 편지를 갖고 와서 제가 서명을 해야 했어요. 페레이라는 고맙다고 작은 소리로 우물거리며 계단을 올랐다. 이런 일은 원래 제 책임이지만 발신자가 없는 편지 때문에 혹시라도 성가신 일을 당하고 싶지 않아요, 하고 수위가 계속 말했다. 페레이라는 계단 세 개를 다시 내려와 수위의 얼굴을 똑바로 쳐다보았다고 주장한다. 저, 셀레스트, 페레이라가 말했다, 당신은 수위고, 수위의 임무만 다하면 됩니다. 당신은 수위 일을 하며 돈을 받고 이 건물 입주자들로부터 월급을 받습니다, 건물 입주자들 중에 내 신문사도 있고요, 그런데 당신은 당신하고 상관없는 일에 끼어드는 나쁜 버릇이 있군요, 앞으로 내게 속달 편지가 오거든 당신은 서명을 하지도 말고 보지도 말고, 우편배달부에게 나중에 다시 와서 내게 직접 편지를 전하라고 말해주십시오. 층계참을 청소 중이었던 수위는 비를 벽에 기대어놓고 손으로 양 옆구리를 짚었다. 페레이라 박사님, 당신은 내가 평범한 수위라고 이런 식으로 말씀하시나본데 나도 고위층 사람들, 당신의 예의 없는 행동으로부터 날 보호해줄 수 있는 사람들을 알고 있어요. 그러리라 생각했습니다, 아니 알고 있었습니다, 바로 그 사실 때문에 난 당신이 싫습니다, 그럼 이만 가보겠습니다, 하고 말했다고 페레이라는 주장한다.

사무실 문을 열었을 때 페레이라는 피로를 느꼈고 땀으로 목욕한 것 같았다. 그는 선풍기를 켜고 책상 앞에 앉았다. 오믈렛 샌드위치를 타자기 용지 위에 놓고 주머니에서 편지를 꺼냈다. 겉봉에는 리스본 호드리구 다 폰세카 거리 66번지, 〈리스보아〉, 페레이라 박사께라고 적혀 있었다. 파란색 잉크로 적힌 우아한 필체였다. 페레이라는 오믈렛 샌드위치 옆에 편지를 두고 시가에 불을 붙였다. 심장 주치의가 담배를 피우지 말라고 했지만 지금은 몇 모금 빨고 싶었다. 그렇지만 아마 담배를 피우려다 이내 끄고 말 것이다. 편지는 나중에 열어봐야겠다고 생각했다. 왜냐하면 당장은 다음 날 문화면을 준비해야 하기 때문이었다. 페소아에 대해 썼던 '추모사' 칼럼을 다시 봐야겠다고 생각했지만 그냥 그대로 내기로 결정했다. 대신 직접 번역한 모파상의 단편을 읽으며 뭔가 수정할 게 있는지 살폈다. 수정할 곳은 없었다. 단편 번역은 완벽했고 페레이라는 자신이 대견스러웠다. 그래서 기분이 좀 좋아졌다고 페레이라는 주장한다. 그는 재킷 주머니에서 모파상의 초상화를 꺼냈는데, 시립도서관 잡지에서 찾아낸 것이었다. 어느 프랑스 화가가 연필로 그린 초상화였다. 다듬지 않은 콧수염과 멍한 시선, 절망적인 분위기의 모파상이었다. 페레이라는 단편에 싣기 딱 좋은 초상화라고 생각했다. 사랑과 죽음을 다룬 단편이어서 비극적인 분위기의 초상이 필요했기 때문이다. 모파상의 기본적인 전기(傳記)를 다룬 기사 중간에 작은 창을 만들 필요가 있었다. 페레이라는 책상에 놔두었던 라루스 백과사전을 펼쳐 옮겨 적기 시작했다. "기 드 모파상, 1850~1893. 동생 에르베와 함께 아버지로부터 정신질환을 물려받았다. 그로 인해 광기 어린 행동을 하다가 젊은 나이에 죽음에 이르렀다. 스무 살에 프로이센·프랑스 전쟁에 참전했고 해군성에서 일했다. 풍자적 시각을 갖춘 재능 있는 작가는 자신의 소설에서 프랑스 사회의 약함과 비겁함을 묘사했다. 『벨아미』와 환상소설 『오를라』처럼 큰 성공을 거둔 소설들도 썼다. 정신질환이 재발하자 블랑슈 박사의 요양원에 입원했고, 그곳에서 가난하고 외롭게 죽었다."

이윽고 페레이라는 오믈렛 샌드위치를 집어 서너 입 베어 먹었다. 배가 고프지 않아서 나머지는 쓰레기통에 버렸고, 날씨가 너무 더웠다고 페레이라는 주장한다. 그때서야 페레이라는 편지를 열었다. 얇은 종이 위에 타자로 친 기사였는데 제목이 '필리포 톰마소 마리네티가 사망했다'였다. 페레이라는 가슴이 덜컹 내려앉았다. 다음 장을 보지 않고도 글을 쓴 사람이 몬테이루 로시라는 걸 알았고, 그 기사가 아무 쓸모 없으리라는 것, 쓸모없는 기사라는 걸 알았기 때문이다. 페레이라는 베르나노스나 모리아크의 사망 기사를 원했는데, 그들은 육신의 부활을 믿는 것 같았기 때문이다. 그런데 몬테이루 로시가 보낸 것은 전쟁을 믿는 필리포 톰마소 마리네티의 사망 기사였다. 페레이라는 기사를 읽기 시작했다. 쓰레기통에 처박을 만한 기사였지만 페레이라는 버리지 않았다. 왜 그랬는지 모르겠지만 기사를 보관했다. 기사를 보관한 건 증거 자료로 쓸 수 있기 때문이었다. 기사는 이렇게 시작됐다. "마리네티와 함께 폭력도 사라졌다. 폭력은 그의 뮤즈였기 때문이다. 그는 1909년 파리 신문에 〈미래주의 선언문〉을 발표하면서 활동을 시작했다. 선언문에서 그는 전쟁과 폭력의 신화를 찬양했다. 그는 민주주의의 적이고 호전적인 전사였으며, 「장 툼 툼」이라는 이상한 제목의 시에서 전쟁을 찬양했다. 또한 이 시는 아프리카에서의 이탈리아 식민지 전쟁을 음성(音聲)으로 묘사했다. 식민주의자로서 그의 믿음은 이탈리아의 리비아 침공을 찬양하게 했다. 그는 '전쟁은 세상의 유일한 위생 대책'이라는 수상쩍은 선언문을 썼다. 사진들은 말아 올린 콧수염에 훈장이 가득 달린 학술회원 외투를 입은 건방진 남자를 보여준다. 이탈리아 파시스트들은 그에게 많은 훈장을 수여했다. 왜냐하면 마리네티는 파시즘의 열렬한 지지자였기 때문이다. 그의 죽음과 함께 정말 보기 싫은 사람, 전쟁광도 사라졌다……"

페레이라는 타자로 친 기사를 그만 읽고 편지로 넘어갔다. 손으로 쓴 편지가 기사와 함께 동봉되어 있었기 때문이다. "존경하는 페레이라 박사님, 저는 마음의 원칙을 따랐지만 그건 제 잘못이 아닙니다. 게다가 마음의 원칙이 가장 중요하다고 당신이 직접 말씀하셨습니다. 신문에 실을 수 있는 사망 기사인지는 모르겠습니다. 잘은 몰라도 마리네티는 아마 이십 년은 더 살 겁니다. 아무튼 제게 돈을 좀 보내주신다면 감사하겠습니다. 지금은 당신께 설명드릴 수 없는 여러 이유로 편집실에 갈 수 없습니다. 제게 다만 얼마라도 보내주시겠다면 봉투에 제 이름을 쓰고 돈을 넣으셔서 리스본 중앙우체국, 사서함 202호로 보내주십시오. 조만간 전화로 연락드리겠습니다. 건강과 행운을 빕니다, 당신의 몬테이루 로시가.”

페레이라는 사망 기사와 편지를 문서보관 파일에 넣고 ‘사망 기사’라고 적었다. 그러고는 모파상의 단편 페이지 수를 세고 책상에서 원고를 챙긴 다음 재킷을 입고 인쇄소에 자료를 넘기기 위해 나왔다. 땀이 났고 마음이 어수선했으며 계단에서 수위를 만나지 않기를 바랐다고 페레이라는 주장한다.

8

그 주의 토요일 오전, 정확히 정오에 전화벨이 울렸다고 페레이라는 주장한다. 그날 페레이라는 오믈렛 샌드위치를 편집실로 가져오지 않았다. 심장 주치의가 충고했던 대로 이따금 식사를 거르려 했기 때문이기도 하고, 정 배가 고프면 오르키데아 카페에서 오믈렛을 먹을 수도 있기 때문이었다.

안녕하세요 페레이라 박사님, 몬테이루 로시입니다, 몬테이루 로시의 목소리였다. 당신 전화를 기다렸습니다, 어디 있는 겁니까? 페레이라가 말했다. 저는 시외에 있습니다, 몬테이루 로시가 말했다. 미안하지만 시외 어디입니까? 페레이라가 고집스럽게 물었다. 도시 밖입니다, 몬테이루 로시가 대답했다. 조심스럽고 형식적인 말투에 페레이라는 살짝 화가 났다고 주장한다. 몬테이루 로시가 더 공손하고 감사해하길 바랐지만 화를 참으며 말했다. 당신 사서함에 돈을 보냈습니다. 고맙습니다, 돈을 찾으러 가겠습니다, 몬테이루 로시가 말했다. 그러고는 다른 말을 하지 않았다. 그래서 페레이라가 물었다. 언제 편집실로 올 생각입니까? 직접 보고 말하는 게 더 좋을 듯해서요. 언제 박사님한테 갈 수 있을지는 모르겠습니다, 몬테이루 로시가 대꾸했다, 사실 가능하면 사무실이 아닌 다른 어떤 곳에서 약속을 정해 만나자고 쪽지를 쓰려 했었습니다. 그때서야 몬테이루 로시에게 뭔가 좋지 않은 일이 생겼다는 걸 알았다고 페레이라는 주장한다. 몬테이루 로시 이외에 누군가가 자신의 얘기를 듣기라도 하는 듯, 목소리를 죽이며 물었다. 무슨 문제가 있습니까? 몬테이루 로시는 대답하지 않았고 페레이라는 그가 못 들었다고 생각했다. 무슨 문제가 있습니까? 페레이라가 되물었다. 어쩌면요, 몬테이루 로시의 목소리가 말했다, 하지만 전화로 이야기할 만한 사항이 아닙니다, 다음 주 중반쯤에 만남에 대한 쪽지를 보내겠습니다, 페레이라 박사님, 사실 전 당신이, 당신의 도움이 필요합니다, 하지만 직접 찾아뵙고 말씀드리겠습니다, 죄송하지만 지금은 불편한 곳에서 전화를 하고 있어 이만 끊어야 합니다, 이해해주십시오, 페레이라 박사님, 직접 뵙고 말씀드리겠습니다, 안녕히 계십시오.

전화가 딸각하고 끊기자 페레이라도 수화기를 내려놓았다. 불안했다고 페레이라는 주장한다. 무엇을 해야 좋을지 생각해본 다음 결정을 내렸다. 일단 오르키데아 카페에 가서 레모네이드 한 잔을 마시고 오믈렛을 먹기 위해 잠시 머무를 것이다. 그리고 오후에는 코임브라로 가는 기차를 타고 부사쿠 온천에 갈 것이다. 분명 그곳에서 편집장을 만나게 될 것이고, 이건 피할 수 없는 상황이다. 하지만 페레이라는 편집장과 이야기하고 싶지 않았고, 또 편집장과 있지 않아도 되는 좋은 구실이 있었다. 온천에 그의 친구 실바가 있기 때문이다. 실바는 부사쿠 온천에서 휴가를 보내는 중이었고 여러 번 페레이라를 초대했었다. 실바는 코임브라에서 지내는 그의 옛 친구이다. 지금은 코임브라 대학에서 문학을 가르치고 있다. 그는 교양 있고 현명하며 조용하고 독신이었다. 그 친구와 이삼일 같이 보내면 기분이 좋아질 것 같았다. 그리고 몸에 좋은 온천수를 마시고, 공원을 산책하고, 신선한 공기를 많이 들이마실 것이다. 계단을 올라갈 때 입을 벌리고 호흡을 해야 할 정도로 숨쉬기가 고통스러웠기 때문이다.

편집실 문에 쪽지를 붙여두었다. '주 중반에 돌아오겠습니다, 페레이라.' 다행히 계단에서 수위를 만나지 않아 그나마 마음이 편했다. 정오의 눈부신 빛 속으로 걸어 나와 오르키데아 카페로 향했다. 페레이라는 유대식 정육점 앞을 지날 때 사람들이 모여 있는 걸 보고 발길을 멈췄다. 유리창이 산산조각 나 있었고 가게 앞은 낙서로 뒤덮여 있었다. 정육점 주인이 흰색 페인트로 낙서를 지우고 있었다. 페레이라는 사람들 무리를 뚫고 정육점 주인에게 다가갔다. 그는 정육점 주인인 아들 메이어를 잘 알고 있었다. 그의 부친 메이어도 잘 알았는데, 부친과는 강변 카페로 레모네이드를 마시러 함께 가곤 했었다. 부친 메이어가 죽고 나서 아들 다비드가 정육점을 맡았다. 다비드는 젊은 나이임에도 살이 쪄서 배가 불룩 튀어나온 쾌활한 청년이었다. 다비드, 페레이라가 가까이 다가가며 물었다, 무슨 일인가? 직접 보십시오, 페레이라 박사님, 다비드는 페인트 묻은 손을 앞치마로 닦으며 대답했다, 우리는 테러리스트 세상에서 살고 있어요, 그자들은 테러리스트입니다. 경찰은 불렀나? 페레이라가 물었다. 지금 농담하시는 거죠, 다비드가 말했다, 어처구니가 없네요. 그러면서 흰색 페인트로 다시 낙서를 지우기 시작했다. 페레이라는 오르키데아 카페로 가서 실내에 있는 선풍기 앞에 자리를 잡았다. 레모네이드를 주문하고 재킷을 벗었다. 무슨 일인지 들으셨습니까, 페레이라 박사님? 마누엘이 말했다. 페레이라는 눈을 크게 뜨며 물었다. 정육점 말인가? 나쁜 일을 당한 것 같아요, 마누엘이 떠나면서 대답했다.

페레이라는 허브오믈렛을 주문해서 조용히 먹었다. 〈리스보아〉는 오후 다섯시에 나올 것이다. 하지만 그는 그 시각에 코임브라행 기차에 있을 것이기 때문에 신문을 읽을 수 없다. 조간신문을 가져갈 수도 있겠지만 포르투갈 신문들이 웨이터가 언급했던 사건을 보도했을지는 의문이었다. 단순히 소문만 돌 터였고 입에서 입으로 전해질 것이다. 소식을 알자면 카페에서 물어보거나 사람들이 나누는 잡담을 들어볼 필요가 있었다. 그것이 현재 소식을 알 수 있는 유일한 방법이었다. 아니면 오루 거리에서 파는 외국 신문을 사면 됐다. 그러나 외국 신문들은 사나흘 늦게 도착하므로 찾아봤자 소용없었다. 가장 좋은 방법은 사람들한테 묻는 것이었다. 하지만 페레이라는 누구에게도 묻고 싶지 않았다. 오직 온천에 가서 조용히 며칠을 보내며 실바 교수와 얘기나 하고 세상 나쁜 일은 생각하고 싶지 않았다. 레모네이드 한 잔을 더 시켰고 계산서를 가져오게 했다. 페레이라는 카페를 나와 중앙우체국으로 가서 전보 두 통을 보냈다. 하나는 방을 예약하기 위해 호텔로, 또 하나는 친구 실바에게 보냈다. "저녁 기차로 코임브라에 가네 스톱* 자동차로 데리러 와준다면 고맙겠네 스톱 애정을 담아 페레이라가."

이윽고 페레이라는 여행 가방을 챙기기 위해 집으로 향했다. 시간은 충분하니까 표는 역에 가서 직접 끊으려 했다고 페레이라는 주장한다.

---

* stop. 전보문에서 단락을 지을 때 사용됨.

9

　코임브라 시내 역에 도착했을 때 석양이 멋있었다고 페레이라는 주장한다. 선로 주변을 살폈지만 친구 실바는 보이지 않았다. 전보가 도착하지 않았거나 실바가 이미 온천을 떠났다고 생각했다. 그러나 역 대합실로 들어서자 벤치에 앉아 담배를 피우는 실바의 모습이 보였다. 페레이라는 흥분을 감추지 못하며 그에게 다가갔다. 실바를 못 본 지 한참이 됐다. 실바는 페레이라를 얼싸안았고 그의 가방을 받아주었다. 그들은 역을 나와 자동차 쪽으로 갔다. 실바의 차는 반짝이는 크롬 도금에 편안하고 널찍한 검은색 쉐보레였다.

　온천으로 가는 길에는 수풀이 우거진 언덕들이 있었고, 커브길이 많았다. 페레이라는 속이 메스꺼웠기 때문에 창문을 열었다. 시원한 바람을 쏘였더니 좋아졌다고 페레이라는 주장한다. 온천으로 가는 동안 그들은 말을 많이 하지 않았다. 어떻게 지내나? 실바가 그에게 물었다. 그냥저냥, 페레이라가 대답했다. 혼자 살아? 실바가 물었다. 혼자 살아, 페레이라가 대답했다. 내 생각에 혼자 사는 건 자네한테 나빠, 실바가 말했다, 자네 곁에 같이 있어주고 활기를 불어넣어줄 여자를 찾아야 해, 자네는 아내의 기억을 너무 붙들고 살아, 하지만 추억을 키우면서 자네 나머지 인생을 보낼 수는 없는 걸세. 나는 늙었어, 페레이라가 대답했다, 너무 살쪘고 심장병을 앓고 있어. 자네는 많이 늙지 않았어, 실바가 말했다, 내 나이잖아, 어쨌든 다이어트를 하고, 휴가를 좀 내고, 자네 건강에 좀더 신경을 써보게. 글쎄, 페레이라가 말했다.

온천 호텔은 화려했고, 큰 정원이 있는 거대한 빌라로 흰색 건물이었다고 페레이라는 주장한다. 페레이라는 방으로 올라가 옷을 갈아입었다. 흰색 양복에 검은색 넥타이를 맸다. 실바는 가볍게 술을 마시면서 홀에서 그를 기다렸다. 편집장을 봤느냐고 페레이라가 실바에게 물었다. 실바는 찡긋 윙크를 했다. 자네 편집장은 금발의 중년 부인과 늘 저녁을 같이 먹어, 호텔 손님인데, 여자 친구를 찾은 것 같아, 실바가 대답했다. 그게 나아, 페레이라가 말했다, 그러면 형식적인 대화를 피할 수 있으니까.

그들은 레스토랑으로 들어갔다. 천장에 꽃 장식의 프레스코화가 들어간 19세기 양식의 홀이었다. 편집장은 이브닝드레스를 입은 부인과 함께 중앙의 테이블에서 식사를 하고 있었다. 편집장이 고개를 들어 페레이라를 보았다. 편집장은 놀란 표정으로 가까이 오라고 손짓했다. 페레이라가 다가가는 동안 실바는 다른 테이블로 갔다. 웬일입니까, 페레이라 박사, 편집장이 말했다, 여기서 당신을 만나리라고는 생각도 못 했는데, 편집실은 어떻게 하고 왔습니까? 문화면이 오늘 나왔습니다, 페레이라가 말했다, 신문이 코임브라에 도착하지 않았을 텐데 문화면을 보실 수 있었는지 모르겠습니다, 모파상의 단편과 '추모사'라는 제목으로 제가 쓴 칼럼이 실렸습니다, 어쨌든 이틀만 여기 머물 겁니다, 다음 토요일 문화면을 준비하기 위해 수요일에는 다시 리스본에 가 있을 겁니다. 부인, 죄송합니다, 편집장이 같이 식사 중이던 부인을 돌아보며 말했다, 저와 같이 일하는 페레이라 박사를 소개해드리죠. 그러면서 덧붙였다. 이쪽은 마리아 두 발레 산타르스 부인입니다. 페레이라는 고개를 살짝 숙이며 인사했다. 편집장님, 페레이라가 말했다, 한 가지 알려드리고 싶은 게 있습니다, 편집장님이 반대하지 않으신다면 저를 도와 언제 죽을지 모르는 위대한 작가들의 사망 기사를 미리 써줄 수습기자를 한 명 고용하고 싶습니다. 페레이라 박사, 편집장이 큰 소리로 말했다, 난 여기서 상냥하고 고상한 부인과 같이 식사하면서 유쾌한 대화를 나누던 중이었소, 그런데 당신은 나를 찾아와 언제 죽을지 모르는 사람들 얘기를 하는군요, 별로 세련된 얘기는 아닌 것 같소. 죄송합니다, 편집장님, 일 이야기를 하려던 게 아니었습니다, 라고 말했다고 페레이라가 주장한다. 하지만 문화면에서는 몇몇 위대한 예술가들의 죽음을 예견할 필요가 있습니다, 만일 어떤 위대한 예술가가 갑자기 죽는다면 즉각 사망 기사를 써내기 곤란합니다, 편집장님도 기억하실 겁니다, 3년 전 T.E. 로런스가 사망했을 때 어떤 포르투갈 신문도 제때 그 내용을 다루지 못했습니다, 모두들 일주일 후에야 사망 기사를 냈죠, 우리가 현대적인 신문이 되고 싶다면 시기적절하게 대처해야 합니다. 편집장은 입안에 있던 음식을 천천히 씹고 나서 말했다. 좋아요, 좋아, 페레이라 박사, 문화면에 대한 모든 책임은 이미 당신에게 맡겼소, 다만 수습기자에게 얼마를 지급해야 하는지와 믿을 만한 사람인지를 알고 싶을 뿐이오. 그문제라면, 페레이라가 대답했다, 그리 까다로운 요구를 하는 사람은 아닌 듯합니다, 평범한 젊은이고, 리스본 대학에서 죽음에 관한 논문으로 학위를 받았습니다, 죽음에 대해 잘 알고 있는 사람입니다. 편집장은 손을 가로저었고, 포도주를 한 모금 마시고 나서 말했다. 저, 페레이라 박사, 제발 더는 죽음에 대해 이야기하지 마시오, 우리의 즐거운 저녁식사에 방해가 될 테니 말이오, 문화면은 당신 생각대로 하십시오, 난 박사를 믿습니다, 당신은 30년간 기자생활을 했으니까요, 자이제 안녕히 가시오, 식사 맛있게 하시고요.

페레이라는 자신의 테이블로 가서 친구 맞은편에 앉았다. 실바는 백포도주를 한잔하겠느냐고 물었고, 페레이라는 고갯짓으로 싫다는 표시를 했다. 그리고 웨이터를 불러 레모네이드 한 잔을 주문했다. 포도주는 내게 좋지 않아, 심장 주치의가 그러더군, 페레이라가 설명했다. 실바는 아몬드를 넣은 송어 요리를 주문했고, 페레이라는 수란(水卵)을 올린 소고기 스트로고노프*를 주문했다. 그들은 조용히 식사를 하다가 어느 순간 페레이라가 실바에게 이 모든 일에 대해 어떻게 생각하느냐고 물었다. 이 모든 일 뭐? 실바가 물었다. 유럽에서 일어나고 있는 일 모두, 페레이라가 말했다. 아, 걱정하지 마, 실바가 대꾸했

---

* 저민 고기에 토마토 페이스트, 양파, 버섯을 넣어 만든 요리.

다, 여기는 유럽이 아니야, 우리는 포르투갈에 있어. 그렇지만 고집스럽게 물었다고 페레이라는 주장한다. 그래, 페레이라가 덧붙였다, 하지만 자네도 신문을 읽고 라디오를 듣잖아, 독일과 이탈리아에서 무슨 일이 일어나는지 자네는 알고 있겠지, 그들은 미쳤고, 세상을 전쟁으로 몰고 가고 싶어 해. 걱정하지 말게, 실바가 대답했다, 그들은 멀리 있어. 맞아, 페레이라가 다시 말했다, 하지만 스페인은 멀리 있지 않아, 아주 가까이 있지, 스페인에서 무슨 일이 일어나고 있는지 자네 알잖아, 합법적인 정부가 있는데도 불구하고 대량 학살이 자행되고 있네, 모두 어느 맹신자 장군 탓일세. 스페인도 멀리 있어, 실바가 말했다, 우리는 포르투갈에 있고. 그래, 페레이라가 말했다, 하지만 여기도 상황은 좋지 않아, 경찰이 주인 행세를 하고 사람들을 학살하네, 가택수색과 검열이 자행되고 있어, 이 나라는 독재국가이고 사람들은 아무 생각도 하지 않아, 여론은 묵살되고 있어. 실바는 페레이라를 바라보다가 포크를 내려놓았다. 내 말 잘 듣게, 페레이라, 실바가 말했다, 자네는 아직도 여론을 믿나? 여론은 앵글로색슨들, 영국인과 미국인이 만들어놓은 술책이야, 이 여론이란 개념으로, 실례하겠네, 그 자들은 우리한테 똥을 싸지르고 있어, 우리는 그들과 같은 정치체제를 가져본 적이 없어, 우리에게는 그들과 같은 전통이 있지 않아, 우리는 노동조합이 뭔지 모르네, 우리는 남국(南國) 사람들이야 페레이라, 목소리 크고 명령하는 사람에게 복종하지. 우린 남국 사람이 아니야, 페레이라가 반박했다, 우리에겐 켈트인의 피가 흐르고 있어. 그러나 우리는 남국에 살고 있네, 실바가 말했다, 이곳의 분위기는 우리가 정치적인 의견을 가지는 걸 좋아하지 않아, 무간섭주의, 자유방임, 그런 것들이 우리의 정치를 이루고 있어, 자네한테 한 가지 얘기해줄 테니 들어보게, 나는 문학을 가르치고 문학에 대해 잘 알고 있네, 나는 우리의 음유시인들에 대한 비평서를 쓰고 있어, 〈님의 노래〉, 대학 시절 불렀던 그 노래들을 자네가 기억하는지 모르겠네, 젊은이들이 전쟁터로 떠나고 여자들은 집에 남아 눈물을 흘렸지, 음유시인들은 여인들의 눈물 섞인 한탄을 모았네, 왕은 명령만 했고, 알겠나? 우두머리는 명령했고 우리도 늘 우두머리가 필요했어, 아직까지도 우리는 우두머리를 필요로 해. 하지만 나는 신문기자일세, 페레이라가 반박했다. 그래서? 실바가 말했다. 그래서 나는 자유로워야 해, 페레이라가 말했다, 사람들에게 정확하게 알려줘야 한다는 거지. 상관없는 것 같은데, 실바가 말했다, 자네는 정치 기사를 쓰지 않잖아, 자네는 문화면을 맡고 있어. 이번에는 페레이라가 포크를 내려놓고 테이블에 팔꿈치를 괴었다. 자네 내 말 잘 듣게, 페레이라가 반박했다, 내일 마리네티가 죽는다고 상상해보게, 자네 마리네티 알지? 어렴풋이, 실바가 대답했다. 자아, 페레이라가 말했다, 마리네티는 썩은 작자야, 전쟁을 찬양하고 학살자들을 옹호했지, 테러리스트였어, 로마진군*을 반겼다네, 마리네티는 썩은 작자라는 걸 난 말해야 해. 영국으로 가게, 실바가 말했다, 그곳에서는 자네 마음대로 그 얘기를 할 수 있을 거야, 많은 독자가 생길 걸세. 페레이라는 마지막 남은 고기 한 조각을 먹었다. 난 자러 가겠네, 페레이라가 말했다, 영국은 너무 멀어. 디저트는 먹지 않을 텐가? 실바가 물었다, 난 케이크 한 조각 먹고 싶은

---

* 1922년 무솔리니의 파시스트당이 정권을 잡는 계기가 된 무혈 쿠데타.

데. 단 음식은 몸에 좋지 않아, 페레이라가 말했다, 심장 주치의가 그러더군, 그리고 난 여독 때문에 피곤하네, 역으로 데리러 와줘서 고마워, 잘 자고 내일 보세.

페레이라는 일어나 말없이 자리를 떠났다. 아주 피곤했다고 페레이라는 주장한다.

10

　다음 날 페레이라는 여섯시에 일어났다. 룸서비스는 일곱시나 돼야 시작하기 때문에 고집스럽게 부탁한 끝에 블랙커피 한 잔을 마셨다. 그러고 나서 공원을 산책했다고 페레이라는 주장한다. 온천도 일곱시에 문을 열었는데, 페레이라는 일곱시 정각에 철문 앞에 서 있었다. 실바는 없었고, 편집장도 없었다. 사실 누구도 없었다. 페레이라는 안도감을 느꼈다고 주장한다. 먼저 달걀 썩는 냄새가 나는 물 두 잔을 마셨더니 살짝 구역질이 나고 속이 메슥거렸다. 아침 시간임에도 날씨가 더웠기 때문에 시원한 레모네이드 한 잔을 들이켜고 싶었지만 온천수와 레모네이드를 섞을 순 없다고 생각했다. 페레이라는 온천장으로 갔고, 거기에서는 옷을 벗고 흰색 가운을 입어야 했다. 진흙 목욕을 원하세요 아니면 증기 흡입을 원하세요? 종업원이 그에게 물었다. 둘 다 원합니다, 페레이라가 대답했다. 종업원은 밤색 액체가 가득 든 대리석 욕조가 있는 방으로 그를 안내했다. 페레이라는 가운을 벗고 욕조 안으로 들어갔다. 진흙은 미지근했고 행복감을 주었다. 어느 순간 종업원이 들어와 어디를 마사지받고 싶으냐고 물었다. 페레이라는 마사지는 됐고 목욕만을 원하니 조용히 놔둬달라고 대답했다. 그는 욕조에서 나와 시원하게 샤워를 한 다음 다시 가운을 걸치고 증기를 뿜어내는 흡입기들이 있는 옆방으로 갔다. 사람들이 흡입기 앞에 앉아 대리석 위에 팔꿈치를 괸 채 따뜻한 수증기를 들이마시고 있었다. 페레이라는 빈자리를 찾아 자리를 잡았다. 몇 분 동안 수증기를 깊게 들이마시며 생각에 잠겼다. 몬테이루 로시가 생각났다. 이유는 모르겠지만 아내의 사진도 생각났다. 벌써 거의 이틀째 아내의 사진과 이야기하지 못했다. 페레이라는 사진을 가져오지 않은 걸 후회했다고 주장한다. 그러고 나서 일어나 탈의실로 가서, 다시 옷을 입고, 넥타이를 맸다. 그는 온천장을 나와 다시 호텔로 들어갔다. 친구 실바는 레스토랑에 있었다. 실바는 크루아상과 카페라테로 풍성한 아침식사를 즐기고 있었다. 다행히 편집장은 없었다. 페레이라는 실바에게 다가가 인사하고 온천에 다녀왔다고 말했다. 정오경에 리스본행 기차가 있네, 만일 내가 호텔 택시를 타지 못한다면 자네가 역까지 데려다주면 고맙겠어. 왜 벌써 가려고? 실바가 물었다, 자네와 함께 이틀 정도 보내리라 기대했는데. 미안하네, 오늘 저녁 리스본에 있어야 해, 페레이라가 거짓말을 했다, 내일 중요한 기사를 써야만 하네, 그리고 건물 수위에게 편집실을 내맡기고 온 게 마음에 걸려, 가보는 편이 좋을 것 같아. 원하는 대로 하게, 데려다줄게, 실바가 대답했다.

역으로 가는 동안 그들은 한마디도 나누지 않았다. 실바가 그에게 화가 난 듯했지만 분위기를 부드럽게 하기 위한 어떤 행동도 하지 않았다고 페레이라는 주장한다. 마음 쓰지 말자, 마음 쓰지 말자, 페레이라는 생각했다. 그들은 열한시 십오분쯤 역에 도착했고 기차는 이미 선로에 들어와 있었다. 페레이라는 기차에 올라 창가에서 손을 들어 인사했다. 실바는 한 팔을 크게 흔들어 인사하고는 자리를 떠났다. 페레이라는 한 여인이 책을 읽고 있는 객실에 자리를 잡았다.

아름답고 우아한 금발 여인이었는데 한쪽 다리가 나무로 된 의족이었다. 여인이 창가 쪽에 앉아 있었기 때문에 방해하지 않기 위해 페레이라는 복도 쪽에 자리를 잡았다. 여인은 토마스 만의 독일어 책을 읽고 있었다. 이 사실이 페레이라의 호기심을 끌었지만, 안녕하세요 부인이라고만 말하고 그 순간엔 아무 말도 하지 않았다. 기차는 열한시 삼십분에 출발했고 몇 분 후 식당차 예약을 받기 위해 승무원이 지나갔다. 페레이라는 속이 불편해서 뭔가 먹어야 했기 때문에 식당을 예약했다고 주장한다. 사실 긴 여정은 아니지만 리스본에 늦은 시각에 도착하기 때문에 더운 날씨에 식당을 찾아다니고 싶지 않았다.

한쪽 다리가 의족인 여인 역시 식당차를 예약했다. 페레이라는 그녀가 가벼운 외국어 억양이 들어간 아름다운 포르투갈어를 구사한다는 걸 알았다. 이것이 더욱 그의 호기심을 끌었고 그녀를 초대할 용기를 주었다고 페레이라는 주장한다. 부인, 페레이라가 말했다, 실례합니다, 성가시게 해드리고 싶지는 않지만, 같이 여행하게 됐고 둘 다 식당차를 예약했으니 같은 테이블에서 함께 식사를 하면 어떨는지요, 대화를 나눌 수 있고 좀 덜 쓸쓸할 것 같아서요, 혼자서 식사하는 건

우울합니다, 특히 기차에서는 더욱 그렇고요, 제 소개를 하자면, 전 페레이라 박사입니다, 리스본 석간신문 〈리스보아〉의 문화면을 책임지고 있습니다. 의족을 한 여인이 활짝 웃으며 그에게 손을 내밀었다. 만나서 반갑습니다, 여인이 말했다, 전 잉게보르크 델가두예요, 독일인이죠, 하지만 포르투갈 태생이에요, 제 뿌리를 찾으러 포르투갈에 왔답니다.

승무원이 종을 흔들면서 점심식사가 준비됐음을 알렸다. 페레이라는 일어나 델가두 부인에게 길을 양보했다. 그녀에게 팔을 내밀 용기는 없었다고 페레이라는 주장한다. 왜냐하면 그 행위가 한쪽 다리가 의족인 여인에게 상처가 될 수 있다고 생각했기 때문이다. 델가두 부인은 다리 한쪽이 의족인데도 아주 민첩하게 움직이며 복도를 앞장서 걸어갔다. 식당차는 그들의 객차 바로 옆이라 많이 걸을 필요가 없었다. 두 사람은 식당차 왼쪽 테이블에 자리를 잡았다. 페레이라는 셔츠 깃 속으로 냅킨을 집어넣으며 자신의 행동에 대해 양해를 구해야 한다고 느꼈다. 죄송합니다, 페레이라가 말했다, 전 식사할 때 늘 셔츠를 더럽히곤 합니다, 도우미 아주머니가 절 보고 아이들보다 더 심하다고 하더군요, 촌티 나게 보이지 않았으면 좋겠군요. 차창 밖으로 포르투갈 중부의 아름다운 풍경이 지나갔다. 소나무가 빽빽한 푸른 언덕과 하얀 마을들, 때때로 포도밭과 농부들도 보였는데, 농부들은 풍경을 장식하는 검은 점 같았다. 포르투갈이 마음에 드십니까? 페레이라가 물었다. 마음에 들어요, 델가두 부인이 대답했다, 하지만 포르투갈에 오래 머물진 않을 거예요, 코임브라에 사는 친척들을 방문했고 저의 뿌리도 찾았지만 이곳은 저와 제 민족에게 맞는 나라는 아니네요, 전 미국으로 가고 싶어요. 페레이라는 여인의 말을 이해했다고 생각하며 물었다. 부인은 유대인이신가요? 유대인이에요, 델가두 부인이 대답했다, 요즘 유럽은 우리 민족에게 적당한 곳이 못 돼요, 특히 독일이 그렇죠, 하지만 이곳도 별로 호의적이진 않네요, 신문을 보고 그걸 알았어요, 아마 당신이 일하는 신문은 예외겠지만요, 가톨릭 신자가 아닌 사람에게는 가톨릭적인, 너무나 가톨릭적인 신문이더군요. 이 나라는 가톨릭 국가입니다, 하고 말했다고 페레이라는 주장한다, 저 역시 가톨릭 신자라는 걸 인정합니다, 비록 제 나름의 방식으로 믿긴 하지만요, 불행히도 우리는 종교재판을 겪었고 이 사실이 우리에게 명예로운 일이 되진 못했습니다, 예를 들어 전 육신의 부활을 믿지 않습니다, 그게 뭘 의미하는지는 저도 모르겠습니다. 무엇을 의미하는지 저도 모르겠네요, 델가두 부인이 대답했다, 하지만 저와 관계없는 이야기 같네요. 토마스 만의 책을 읽고 계신 걸 봤습니다, 페레이라가 말했다, 제가 아주 좋아하는 작가죠. 토마스 만 역시 독일에서 일어나는 일 때문에 행복하지 않아요, 델가두 부인이 말했다, 그는 행복하지 않은 것 같아요. 저 역시 포르투갈에서 일어나는 일 때문에 행복하지 않습니다, 페레이라가 말했다. 델가두 부인은 광천수를 한 모금 마시고 나서 말했다. 그렇다면 뭔가를 하세요. 뭔가를 어떻게 하란 말입니까? 페레이라가 말했다. 음, 당신은 지식인이에요, 델가두 부인이 말했다, 지금 유럽에서 일어나고 있는 일을 말하세요, 당신의 생각을 자유롭게 표현하세요, 그러니까 뭔가를 하세요. 많은 말을 하고 싶었다고 페레이라는 주장한다. 자신의 상사인 편집장이 있는데 그는 정권 쪽 사람이라고, 그리고 경찰력과 검열을 행사하는 정권이 있다고, 포르투갈에서는 모든 사람의 입에 재갈이 물려 있고 결국 자신의 의견을 자유로이 표현할 수 없다고 말하고 싶었다. 하루 종일 끼익끼익거리는 선풍기가 있고 경찰 끄나풀인 듯한 여자 수위가 지키는 호드리구 다 폰세카 거리의 초라한 작은 방에서 시간을 보낸다고 말하고 싶었다. 그러나 페레이라는 이 모든 것을 하나도 말하지 못했고, 이렇게만 말했다. 최선을 다하겠습니다, 델가두 부인, 하지만 저 같은 사람이 이런 나라에서 최선을 다하기란 쉽지 않습니다, 아시다시피, 전 토마스 만이 아닙니다, 평범한 석간신문의 문화면을 맡고 있는 우울한 기자일 뿐입니다, 유명 작가들의 추모 칼럼을 쓰고 19세기 프랑스 작가의 단편을 번역하지만 그 이상은 할 수 없습니다. 이해해요, 델가두 부인이 대꾸했다, 하지만 뭐든지 할 수 있을 거예요, 마음만 먹으면 할 수 있어요. 페레이라는 창밖을 쳐다보며 한숨지었다. 기차는 빌라프랑카 근처에 와 있었다. 구불구불 흘러가는 테주 강이 벌써 보였다. 바다와 좋은 날씨를 선물받은 이 작은 나라 포르투갈은 아름다웠다. 그러나 모든 것이 너무 어렵다고, 페레이라는 생각했다. 델가두 부인, 페레이라가 말했다, 잠시 후 우린 리스본에 도착할 겁니다, 여기는 빌라프랑카입니다, 이곳은 정직한 노동자들, 우리 같은 노동자들의 도시죠, 이 작은 나라에도 우리의 야당이 있습니다, 조용한 야당입니다. 아마 우리에게는 토마스 만이 없기 때문일 겁니다, 하지만 그것만이 지금 우리가 할 수 있는 일입니다, 이제 객차로 돌아가서 짐을 챙기는 것이 좋겠습니다, 당신을 만나 함께 이런 시간을 갖게 되어 즐거웠습니다, 당신에게 제 팔을 내드리게 해주세요, 그걸 도움의 행동으로 해석하지 마시고 단지 신사의 예의로 봐주십시오, 아시다시피 포르투갈 사람들은 아주 신사적이니까요.

페레이라는 일어나 델가두 부인에게 한쪽 팔을 내밀었다. 그녀는 살짝 웃으며 그의 팔을 잡고 좁은 테이블에서 다소 힘들게 일어났다. 페레이라는 계산을 하고 동전 몇 개를 팁으로 남겼다. 델가두 부인에게 한쪽 팔을 내민 채 식당차에서 나오는데 뿌듯하면서도 혼란스러운 기분이었다. 하지만 그 이유를 알 순 없었다고, 페레이라는 주장한다.

11

그다음 주 화요일 편집실에 도착했을 때 수위가 그에게 속달 한 통을 전달했다고 페레이라는 주장한다. 수위 셀레스트는 비웃는 듯한 태도로 그에게 속달을 건네며 말했다. 당신이 시킨 대로 우편배달부에게 말했지만 이 지역을 다 돌아야 하기 때문에 나중에 다시 올 수 없다고 하더군요, 그러면서 내게 편지를 맡겼어요. 페레이라는 속달편지를 받아들고 고갯짓으로 감사 인사를 하며 보내는 사람이 쓰여 있는지 살폈다. 다행히 보내는 사람 이름은 없었고, 셀레스트도 군소리하지 않았다. 그러나 몬테이루 로시가 사용하는 파란색 잉크이고 휘갈겨 쓴 필체로 그의 편지임을 알 수 있었다. 페레이라는 편집실로 들어가 선풍기를 켰다. 그리고 편지를 개봉했다. "존경하는 페레이라 박사님, 불행히도 저는 힘든 시기를 보내고 있습니다. 박사님과 급히 이야기해야 하지만 편집실로는 가지 않는 것이 좋겠습니다. 화요일 저녁 여덟시 반에 오르키데아 카페에서 기다리겠습니다. 저녁식사를 하며 제 문제를 말씀드리고 싶습니다. 기다리겠습니다, 당신의 몬테이루 로시가."

26년에 사망했고 사망한 지 12년이 지난 릴케에게 바치는 '추모사' 칼럼을 쓰고 싶었다고 페레이라는 주장한다. 이윽고 페레이라는 발자크의 단편을 번역하기 시작했다. 그는 「오노린」을 선택했다. 회개에 관한 이야기고 서너 번 연재로 나갈 예정이다. 이유는 모르겠지만 페레이라는 그 회개 이야기가 누군가 집을 병 속의 메시지가 되리라고 믿었다. 왜냐하면 회개할 많은 것들이 그 이야기 안에 있었기 때문이다. 회개에 관한 이야기가 필요했다. 이것이야말로 그의 메시지를 이해하고자 하는 사람에게 메시지를 전달할 수 있는 유일한 방법이었다. 페레이라는 라루스 백과사전을 집어들고 선풍기를 끈 다음 집으로 향했다.

택시를 타고 대성당 앞에 도착했을 때 날씨는 끔찍이도 더웠다. 페레이라는 넥타이를 풀어 주머니에 넣었다. 그의 집으로 연결되는 비탈길을 힘겹게 올라가 대문을 열고 계단에 앉았다. 숨을 크게 쉬었다. 페레이라는 주머니를 뒤적거려 심장 주치의가 처방해준 심장약을 찾아 물 없이 꿀꺽 삼켰다. 땀을 닦고 좀 쉬면서 그 어두운 대문 현관에서 시원한 바람을 쏘인 다음 집으로 들어갔다. 가사도우미 피에다드는 음식을 준비해놓지 않았다. 그녀는 세투발에 있는 친척 집으로 떠났다. 매년 그랬듯이 9월에야 돌아올 것이다. 이 사실이 결국 그를 더 불편하게 만들었다. 페레이라는 혼자 있는 것, 그를 보살펴주는 사람없이 철저히 혼자가 되는 걸 싫어했다. 아내의 사진 앞에 가서 말했다. 십 분 후에 돌아올게. 그는 방으로 가서 옷을 벗고 서둘러 목욕을 했다. 심장 주치의가 너무 차가운 물에 목욕하지 말라고 일렀지만 그는 냉수욕이 절실했기에 욕조에 차가운 물을 가득 채운 후 들어갔다. 욕조에 있는 동안 계속 배를 쓰다듬었다. 페레이라는 한때 그의 삶이 지금과는 달랐다고 생각했다. 그는 물기를 닦고 잠옷을 입었다. 현관으로 가서 아내의 사진 앞에 서서 말했다. 오늘 저녁 몬테이루 로시를 만날 거야, 왜 그를 해고하지 않는지, 왜 그를 버리지 못하는지 모르겠어, 그 청년은 문제가 있고 내게 그 문제들을 털어놓고 싶어 해, 그 청년한테 문제가 생길 줄 알았어, 여보 어떻게 생각해, 내가 뭘 해야 할까? 아내의 사진은 아득히 먼 옛날의 미소를 지으며 그를 보고 웃고 있었다. 좋아, 페레이라가 말했다, 이제 가서 낮잠을 좀 자야겠어, 그 청년이 뭘 원하는지는 이따 알게 되겠지. 그러면서 페레이라는 낮잠을 자러 갔다.

 그날 오후 꿈을 꿨다고 페레이라는 주장한다. 젊은 날의 아름다운 꿈이었다. 그러나 그 꿈의 내용에 대해서 그는 이야기하고 싶지 않다. 왜냐하면 꿈은 드러내서는 안 되기 때문이라고 페레이라는 주장한다. 꿈속에서 행복했다는 것, 겨울이었고 코임브라 너머 북쪽 해변 그란자였다는 것, 정체를 밝히고 싶지 않은 어떤 사람이 그와 함께 있었다는 것만 밝힌다. 페레이라는 기분 좋게 잠에서 깼다. 그는 짧은 반팔 와이셔츠를 입었고 넥타이는 매지 않았다. 대신 얇은 면 재킷을 집어 들었지만 입지 않고 팔에 걸쳤다. 저녁 날씨가 무더웠지만 다행히 바람이 살살 불었다. 그 순간만큼은 오르키데아 카페까지 걸어가야겠다는 생각이 들었다. 하지만 그건 미친 짓일 듯싶었다. 그는 테레이루 두 파수까지 걸어 내려갔다. 산책이 그의 건강에 좋았다. 그곳에서 전차를 타고 알레샨드르 에르쿨라누 거리까지 갔다. 오르키데아 카페는 한산했고, 몬테이루 로시는 없었다. 하지만 사실 페레이라가 약속 시간보다 일찍 도착했다. 그는 선풍기 근처 실내 테이블에 자리를 잡고 레모네이드를 한 잔 주문했다. 웨이터가 가까이 오자 페레이라가 그에게 물었다. 무슨 새로운 소식 있나, 마누엘? 페레이라 박사님, 신문사에서 일하시는 분이 모르는데 우리가 어떻게 알겠어요, 웨이터가 대답했다. 난 온천에 갔었네, 페레이라가 대답했다, 그래서 신문을 읽지 못했어, 그리고 신문을 통해서는 아무것도 알 수 없다네, 가장 좋은 건 소문을 얻어듣는 거야, 그래서 자네한테 묻는걸세, 마누엘. 잔인한 일이네요, 페레이라 박사님, 잔인한 일이에요, 웨이터가 대답했다. 그러면서 웨이터는 자리를 떠났다.

그 순간 몬테이루 로시가 들어왔다. 주변을 조심스럽게 살피며 당황한 듯 걸어왔다. 페레이라는 몬테이루 로시가 입은 하얀색 옷깃의 멋진 파란색 셔츠를 보았다. 내 돈으로 저 셔츠를 샀나, 하고 그 순간 페레이라는 생각했지만 그 문제에 대해 생각할 겨를이 없었다. 몬테이루 로시가 페레이라를 보고 그쪽으로 다가왔기 때문이다. 그들은 악수를 했다. 앉아요, 페레이라가 말했다. 몬테이루 로시는 자리에 앉았지만 아무 말 하지 않았다. 저, 뭐 좀 먹을까요? 페레이라가 말했다, 여기는 허브오믈렛이랑 생선 샐러드만 나와요. 전 허브오믈렛을 2인분 먹겠습니다, 몬테이루 로시가 말했다, 뻔뻔스럽게 보였다면 용서하십시오, 하지만 오늘 점심을 건너뛰었거든요. 페레이라는 허브오

플렛 3인분을 주문하고 나서 그에게 말했다. 이제 당신 문제를 말해보십시오, 당신이 편지에서 문제를 털어놓겠다고 했으니까요. 몬테이루 로시는 이마로 흘러내린 앞머리를 정리했다. 페레이라는 그 행동이 이상해 보였다고 주장한다. 저, 몬테이루 로시가 목소리를 낮추며 말했다, 전 위험에 빠졌어요, 페레이라 박사님, 이건 사실입니다. 웨이터가 오믈렛을 들고 오자 몬테이루 로시는 화제를 바꿔, 날씨가 참 덥죠, 하고 말했다. 웨이터가 서빙을 하는 동안 그들은 날씨에 대해 이야기했고, 페레이라는 부사쿠 온천에 갔던 일과, 언덕 위 녹음이 푸르른 정원에서 보는 날씨는 정말 아름다웠다고 이야기했다. 이윽고 웨이터가 그들만을 남겨두고 떠나자 페레이라가 물었다. 자아? 음, 어디서부터 시작해야 할지 모르겠습니다, 페레이라 박사님, 저는 위험에 빠졌습니다, 이건 사실이에요. 페레이라는 오믈렛을 한 입 크기로 자르며 물었다. 혹시 마르타 때문인가요?

페레이라는 왜 이런 질문을 했을까? 마르타를 너무 솔직하고 너무 자신만만한 여자로 봤기 때문에 그 청년에게 문제를 일으킬 수 있다고 생각했기 때문일까, 아니면 솔직하고 자신만만한 아가씨들이 하고 싶은 말을 모두 할 수 있는 프랑스나 영국처럼 모든 상황이 변하길 그가 바랐기 때문일까? 페레이라는 그 이유를 설명할 수 없으면서도 물었다. 마르타 때문인가요? 일부 그렇기도 합니다, 몬테이루 로시가 작은 소리로 대답했다, 그녀 탓이라고는 할 수 없습니다, 마르타는 자기 신념이 있고, 그 신념이 아주 확고하긴 하죠. 그렇다면? 페레이라가 물었다. 저, 제 사촌이 왔습니다, 몬테이루 로시가 대답했다. 심각한 일은 아닌 것 같은데요, 페레이라가 대답했다, 모두들 사촌이 있죠. 네, 몬테이루 로시가 속삭이는 듯한 목소리로 말했다, 하지만 제 사촌은 스페인에서 왔고, 국제여단* 단원입니다, 공화국 지지자들 편에서 싸우고 있습니다, 국제여단 단원이 되고자 하는 포르투갈인 지원자를 모으려고 왔죠, 하지만 저희 집에 사촌을 머물게 할 순 없습니다, 사촌은 아르헨티나 여권을 갖고 있는데 멀리서 봐도 위조 여권이라는 걸 알 수 있어요, 전 사촌을 어디에 머물게 해야 할지 모르겠습니다, 그를 어디에 숨겨야 할지 모르겠어요. 페레이라는 등줄기를 따라 땀이 줄줄 흐르는 걸 느꼈지만 침착함을 유지했다. 그래서요? 페레이라는 오믈렛을 계속 먹으면서 물었다. 그래서 박사님이, 몬테이루 로시가 말했다, 페레이라 박사님, 박사님이 사촌을 좀 도와주셨으면 합니다, 적당한 잠자리를 찾아주십시오, 지하의 비밀 장소가 아니어도 상관없습니다, 마르타 때문에 경찰의 수사 대상에 올랐을 수 있어서 사촌을 저희 집에 둘 수가 없습니다, 전 감시당하고 있을지도 모릅니다. 그래서요? 페레이라가 다시 물었다. 그래서 말인데 박사님은 전혀 의심받고 있지 않지요, 몬테이루 로시가 말했다, 사촌은 여기 며칠 있을 예정입니다, 그동안 지하조직과 접촉할 거고요, 그다음 스페인으로 돌아갈 겁니다, 박사님은 절 도와주셔야 합니다, 페레이라 박사님, 제발 사촌이 머물 곳을 알아봐주십시오.

페레이라는 오믈렛을 다 먹고 난 다음 웨이터에게 손짓을 해서 레모네이드를 한 잔 더 가져오게 했다. 당신의 뻔뻔스러움에 놀랐습니다, 페레이라가 말했다, 지금 당신이 내게 뭘 요구하는 건지 생각이나

---

* 스페인 내란 동안 인민전선 정부를 지원하기 위해 세계 각지에서 모인 국제 의용군.

해봤는지 모르겠군요, 그러니까 나보고 뭘 하라는 겁니까? 셋방이나, 작은 호텔, 신분증을 지나치게 살피지 않는 곳, 그런 곳을 박사님은 틀림없이 알고 계실 겁니다, 인맥이 넓으실 테니까요.

인맥이 넓으실 테니까요, 페레이라는 이 말을 생각했다. 페레이라는 그가 알고 있는 사람들 누구도 잘 알지 못했다. 안토니우 신부는 안다고 말할 수 있지만 이런 문제를 신부에게 안겨줄 수는 없었다. 코임브라에 있는 친구 실바도 잘 알지만 그에게 맡길 수도 없었다. 그리고 호드리구 다 폰세카 거리의 편집실도 수위가 경찰 끄나풀일 수 있어서 불가능했다. 갑자기 성 너머에 있는 그라사의 작은 호텔이 생각났다. 불륜 커플들이 드나드는 곳으로 누구에게도 신분증을 요구하지 않았다. 언젠가 친구 실바가 스캔들을 일으켜서는 안 되는 리스본에 사는 한 부인과 밤을 보낼 적당한 방을 하나 잡아달라고 부탁했었기 때문에 페레이라는 그곳을 알게 됐다. 그래서 페레이라가 말했다. 내일 아침 알아봐주겠습니다, 하지만 편집실로 당신 사촌을 보내거나 데려오지 마십시오, 수위 때문입니다, 내일 아침 우리 집으로 데려오십시오, 지금 주소를 적어드리지요, 하지만 전화는 하지 말아 주십시오, 당신도 함께 오는 게 좋겠습니다.

페레이라는 왜 그렇게 말했을까? 몬테이루 로시에게 미안했기 때문일까? 온천에서 친구 실바와 너무 실망스러운 대화를 나눴기 때문일까? 기차에서 만난 델가두 부인이 어쨌든 뭔가를 해야 할 필요가 있다고 말했기 때문일까? 페레이라는 그 이유를 알 수 없다고 주장한다. 단지 자신이 곤란한 상황에 빠졌고, 누군가와 그 문제를 이야기해야 한다는 것만 알았다. 그러나 둘러봐도 이야기할 누군가가 없었다.

집으로 돌아가서 아내의 사진과 이야기해야겠다고 생각했다. 그리고 사실 그렇게 했다고, 페레이라는 주장한다.

12

정각 열한시에 초인종이 울렸다고 페레이라는 주장한다. 페레이라
는 아침 일찍 일어났고 이미 아침식사를 끝마쳤다. 얼음 조각을 동동
띄운 레모네이드 한 주전자를 주방 식탁에 준비해두었다. 먼저 몬테
이루 로시가 살며시 들어와 안녕하세요, 하고 속삭였다. 페레이라는
조금 당황하며 문을 닫고 사촌은 오지 않았느냐고 물었다. 왔습니다,
몬테이루 로시가 대답했다, 한데 갑자기 들어오지 않겠답니다, 저더
러 먼저 가서 보고 오라고 했습니다. 뭘 보고 오라는 거죠? 페레이라
가 화를 내며 물었다, 당신들 지금 경찰 도둑 놀이를 하는 겁니까, 아
니면 경찰이 당신들을 기다린다고 생각했나요? 아, 그건 아닙니다,
페레이라 박사님, 몬테이루 로시가 용서를 빌었다, 제 사촌이 너무 의
심이 많을 뿐입니다, 저, 사촌은 어려운 상황에 처해 있습니다, 사촌

은 중요한 임무를 맡아 이곳에 왔습니다, 아르헨티나 여권을 가진 데다 어떤 난관에 부딪힐지 모릅니다. 어제저녁 그 말은 이미 했습니다, 페레이라가 대꾸했다. 이제 사촌을 불러요, 이런 바보 같은 짓은 그만합시다. 몬테이루 로시는 문을 열고 들어오라는 몸짓을 했다. 들어와, 브루노, 괜찮아, 몬테이루 로시가 이탈리아어로 말했다.

작고 마른 남자가 들어왔다. 머리를 솔잎처럼 짧게 잘랐고 노란 콧수염을 길렀으며 파란색 재킷을 입었다. 페레이라 박사님, 몬테이루 로시가 말했다, 제 사촌 브루노 로시를 소개합니다, 하지만 여권 이름은 브루노 루고네스이지요, 박사님은 그냥 루고네스로 부르시는 게 좋겠습니다. 우리가 어떤 언어로 대화를 해야 하지요? 페레이라가 물었다, 당신 사촌이 포르투갈어를 하나요? 아니요, 몬테이루 로시가 대답했다, 하지만 스페인어는 압니다.

페레이라는 그들을 주방에 앉히고 레모네이드를 따라주었다. 브루노 로시는 아무 말 하지 않고 의심하는 눈초리로 주변을 살피기만 했다. 멀리서 앰뷸런스 소리가 들리자 브루노 로시는 움찔 놀라더니 창가로 갔다. 안심하라고 사촌에게 말해주십시오, 페레이라가 몬테이루 로시에게 말했다, 여기는 스페인이 아니고 내전도 없으니까요. 브루노 로시는 자리로 돌아와 앉으며 말했다. Perdone la molestia, pero estoy aquí por la causa republicana(불편을 끼쳐드려 죄송하지만 전 공화국의 대의명분을 위해 이곳에 왔습니다). 저, 루고네스 씨, 페레이라가 포르투갈어로 말했다, 당신이 내 얘기를 알아들을 수 있도록 천천히 말하겠습니다, 공화제든 군주제든 그런 주장엔 관심 없습니다, 난 석간신문 문화면을 책임지고 있고 이런 일들은 내 관심 분야

가 아닙니다, 당신을 위해 조용한 장소를 알아봐주겠습니다, 그 이상
은 할 수 없습니다, 당신은 날 찾지 않도록 조심해주십시오, 왜냐하면
난 당신이나 당신 주장은 알고 싶지 않기 때문입니다. 브루노 로시는
사촌을 돌아보며 이탈리아어로 말했다. 네가 말했던 것과 다르잖아,
난 동지를 기대했었는데. 페레이라는 그 말을 알아듣고 반박했다. 나
는 어느 누구의 동지도 아닙니다, 나는 혼자 살고 있고, 혼자 있는 걸
좋아합니다, 내 유일한 동지는 나 자신이죠, 루고네스 씨, 이것이 당
신 여권의 이름이죠, 당신이 제 뜻을 이해하셨는지 모르겠군요. 네,
네, 몬테이루 로시가 더듬거리며 말했다, 그런데 사실 우리는 박사님
의 도움과 이해가 필요합니다, 돈이 필요하기 때문입니다. 더 자세히
설명해보십시오, 페레이라가 말했다. 그러니까, 몬테이루 로시가 말
했다, 제 사촌은 돈이 없어서 만일 호텔에서 선불로 방값을 요구하면
지금으로선 돈을 낼 수 없습니다, 하지만 나중에 제가 책임지겠습니
다, 아니면 마르타가 책임지던가요, 아무튼 돈을 빌려주십시오.

그 순간 페레이라는 일어났다고 주장한다. 페레이라는 양해를 구하
며 말했다. 이해해주십시오, 하지만 잠시 생각할 시간이 필요합니다,
잠시만 실례하겠습니다. 페레이라는 그들을 주방에 남겨두고 현관으
로 갔다. 그리고 아내의 사진 앞에서 말했다. 내가 걱정하는 것은 그
루고네스가 아니라 마르타야, 내 생각에 그녀가 이 사건을 책임지고
있어, 마르타는 몬테이루 로시의 여자 친구야, 구릿빛 머리카락을 가
진 그 여자에 대해 내가 말한 적이 있었지, 그녀가 몬테이루 로시를
곤경에 빠뜨리고 있어, 확신해, 그는 사랑에 빠졌기 때문에 스스로 곤
경에 빠져들었어, 난 그 청년을 지켜야 해, 그렇지 않아? 아내의 사진

이 먼 옛날의 미소를 지으며 그를 보고 웃었다. 페레이라는 주방에 돌아가 몬테이루 로시에게 물었다. 왜 마르타가 끼어들죠, 마르타는 무슨 상관이 있는 겁니까? 아 저, 몬테이루 로시는 얼굴을 살짝 붉히며 더듬거렸다, 마르타는 재능이 많거든요. 내 말 잘 들어요, 몬테이루 로시, 페레이라가 말했다, 난 당신이 아름다운 여자 친구 때문에 곤경에 빠져들고 있다고 생각합니다, 자, 내가 아버지처럼 간섭한다고 생각할지 모르지만 나는 당신의 아버지도 아니고 당신한테 아버지같이 굴고 싶지도 않아요, 한 가지만 당신에게 말하고 싶군요, 조심하십시오. 네, 몬테이루 로시가 말했다, 조심하겠습니다, 한데 돈은 빌려주시는 겁니까? 이 문제를 해결해봅시다, 페레이라가 대답했다, 하지만 내가 왜 그 돈을 내야 하죠? 저, 페레이라 박사님, 몬테이루 로시가 주머니에서 갖고 온 종이를 꺼내면서 말했다, 기사를 하나 썼습니다, 다음 주에 다른 두 개를 더 쓰겠습니다, 추모사를 써보았습니다, 단눈치오에 대한 글입니다, 마음으로 썼지만 당신이 내게 충고했던 대로 지성도 발휘했습니다, 약속하건대 다음 글은 당신이 바라는 대로 두 가톨릭 작가가 될 겁니다.

다시 약간 화가 치밀었다고 페레이라는 주장한다. 내 말 잘 들어요, 페레이라가 대답했다, 난 당신보고 억지로 가톨릭 작가에 대해 쓰라고 하지 않습니다, 당신이 죽음에 관한 논문을 썼기에 이런 문제에 관심 있는 작가들, 그러니까 영혼에 관심 있는 작가들을 좀더 잘 알 거라고 생각했습니다, 그런데 당신은 단눈치오 같은 활력 넘치는 작가의 사망 기사를 가져왔습니다, 단눈치오는 훌륭한 시인이었겠지만 경솔한 행동으로 삶을 낭비했습니다, 내 뜻을 잘 이해했는지 모르겠군요, 우리 신문은 그런 경솔한 사람들을 좋아하지 않습니다, 적어도 나는 그렇습니다. 알겠습니다, 몬테이루 로시가 말했다, 박사님 뜻을 잘 이해했습니다. 좋아요, 페레이라가 덧붙였다, 이제 숙소로 갑시다, 그라사에 작은 호텔 하나를 봐두었습니다, 그곳 사람들은 시끄럽게 떠들어대지 않습니다, 당신들이 부탁했던 대로 내가 방값을 선불로 지불하겠지만 사망 기사를 적어도 두 개 써주기를 기다리겠습니다, 친애하는 몬테이루 로시, 이것이 당신의 보름치 봉급입니다. 저, 페레이라 박사님, 몬테이루 로시가 말했다, 제가 단눈치오의 추모사를 쓴 건 지난 토요일 〈리스보아〉를 사서 보니 '추모사'라는 칼럼이 있었기 때문입니다, 칼럼에 서명은 없지만 박사님이 그 글을 썼다고 생각합니다, 만약 박사님께서 도움을 원하신다면 제가 기꺼이 도와드리겠습니다, 전 이런 종류의 칼럼을 쓰고 싶습니다, 제가 말하고 싶은 작가들이 많이 있습니다, 그리고 무기명의 칼럼이기 때문에 박사님을 곤란하게 할 위험도 없습니다. 왜, 당신은 무슨 문제가 있습니까? 하고 페레이라가 말했다고 주장한다. 음, 보시다시피 문제가 조금 있습니다, 몬테이루 로시가 대답했다, 하지만 만약 다른 이름을 원하신다면 가명을 쓸 수도 있습니다, 록시 어떻습니까? 괜찮은 이름인 것 같군요, 페레이라가 말했다. 페레이라는 테이블에 있던 레모네이드를 냉장고 안에 넣었다. 그는 재킷을 입고 나서 말했다. 자 갑시다.

그들은 집을 나섰다. 건물 앞 작은 광장에서 군인 한 명이 벤치에 누워 잠을 자고 있었다. 페레이라는 걸어서 비탈길을 올라갈 수 없겠다고 판단하고 택시를 기다렸다. 뜨거운 햇살이 누그러지지 않았고 바람 한 점 없었다고 페레이라는 주장한다. 택시 한 대가 천천히 지나

가자 페레이라는 손을 들어 택시를 세웠다. 가는 내내 그들은 한마디도 하지 않았다. 그들은 작은 예배당을 지키고 선 화강암 십자가 앞에서 내렸다. 몬테이루 로시는 밖에서 기다리라고 하고 페레이라는 브루노 로시를 데리고 호텔 안으로 들어가 종업원에게 소개했다. 종업원은 두꺼운 안경을 쓴 노인이었는데 계산대 뒤에서 졸고 있었다. 이쪽은 아르헨티나 친구입니다, 페레이라가 말했다, 브루노 루고네스라고 합니다, 여기 여권이 있지만 이 사람은 숙박부에 이름을 적고 싶어 하지 않습니다, 연애 문제로 이곳에 왔거든요. 노인은 안경을 벗고 숙박부를 넘겼다. 오늘 아침 어떤 사람이 예약 전화를 했었는데, 당신인가요? 노인이 말했다. 접니다, 페레이라가 대답했다. 화장실이 딸려 있지 않은 더블룸이 있습니다, 노인이 말했다, 하지만 저 손님 마음에 드실지는 모르겠군요. 괜찮습니다, 페레이라가 말했다. 아시다시피 선불입니다, 노인이 말했다. 페레이라는 지갑에서 지폐 두 장을 꺼냈다. 열흘 치 선불을 드리겠습니다, 페레이라가 말했다, 안녕히 계십시오. 페레이라는 브루노 로시에게 인사했지만 악수는 청하지 않았다. 너무 친밀한 몸짓인 것 같았기 때문이다. 잘 있으시오, 하고 페레이라가 브루노 로시에게 말했다.

페레이라는 밖으로 나와 분숫가에 앉아 기다리던 몬테이루 로시 앞으로 갔다. 내일 아침 편집실로 들러주십시오, 몬테이루 로시에게 말했다, 오늘 당신 기사를 읽어보겠습니다, 상의할 게 있을 겁니다. 하지만 전, 사실…… 몬테이루 로시가 말했다. 사실 뭡니까? 페레이라가 물었다. 저, 몬테이루 로시가 말했다, 이번엔 조용한 곳에서 만났으면 합니다, 박사님 댁에서요. 알겠습니다, 페레이라가 말했다, 하지만 우리 집에서는 안 됩니다, 우리 집에서는 이제 그만 만납시다, 내일 오후 세시에 오르키데아 카페에서 봅시다, 어떻습니까? 좋습니다, 몬테이루 로시가 대답했다, 오르키데아 카페에서 오후 세시에요. 페레이라는 악수를 하며 잘 가라고 말했다. 페레이라는 가는 길이 계속 내리막인 만큼 집까지 걸어가는 게 좋겠다고 생각했다. 날씨는 화창했다. 다행히 바닷바람이 살살 불어오기 시작했다. 페레이라는 마음이 불안해서 누군가와 이야기하고 싶었다. 안토니우 신부와 이야기하고 싶었지만 그는 환자들의 임종을 지키며 하루를 보내곤 했다. 그래서 집에 가 아내의 사진과 이야기할 수밖에 없다고 생각했다. 재킷을 벗고 천천히 집 쪽으로 걸어갔다고 페레이라는 주장한다.

13

　밤새 발자크의 「오노린」을 번역하고 정리했다고 페레이라는 주장한다. 힘든 번역이었지만 상당히 매끄럽게 되었다고 생각했다. 오전 여섯시부터 아홉시까지 세 시간을 자고 일어나 시원하게 목욕하고 커피를 마신 다음 편집실로 갔다. 계단에서 만난 여자 수위가 그를 보고 입을 삐죽이며 고갯짓으로 인사했다. 그는 작은 소리로 안녕하세요 하고 중얼거렸다. 페레이라는 편집실로 들어가 책상에 앉은 다음 주치의인 코스타 박사에게 전화했다. 여보세요, 박사님, 페레이라가 말했다, 페레이라입니다. 그나저나 건강은 어떠십니까? 코스타 박사가 물었다. 숨이 많이 차서 계단을 올라갈 수가 없습니다, 페레이라가 대답했다, 살이 몇 킬로그램 쪄서 그런 것 같습니다, 산책할 때 심장이 두근두근합니다. 저, 페레이라, 코스타 박사가 말했다, 전 파레드의

해수요법 요양원에서 일주일에 한 번 진료를 합니다, 며칠 정도 그곳
에 입원하지 않겠습니까? 저보고 입원하라고요, 왜요? 페레이라가 물
었다. 파레드 요양원은 좋은 의료 시스템을 갖추고 있으니까요, 류머
티즘 환자들과 심장병 환자들도 자연요법으로 치료한답니다, 해초 목
욕, 마사지, 다이어트 치료도 하죠, 프랑스에서 공부한 훌륭한 의사들
도 있습니다, 페레이라, 당신은 좀 쉬면서 관리를 받는 게 좋을 겁니
다, 파레드 요양원은 당신에게 딱 맞는 곳입니다, 원한다면 제가 당장
내일로 방을 예약해드릴 수 있습니다, 바다가 보이는 아름답고 깨끗
한 방, 건강한 삶, 해초 목욕, 해수요법을 즐길 수 있지요, 적어도 한
번은 당신을 만나러 가겠습니다, 결핵 환자들도 입원해 있지만 그들
은 격리병동에 있기 때문에 감염될 위험은 없습니다. 아, 그 문제라면
전 결핵 환자들을 두려워하지 않습니다, 하고 페레이라가 말했다고
주장한다, 결핵 환자와 평생을 보냈고 결핵은 저한테 영향을 끼치지
않거든요, 문제는 그게 아닙니다, 문제는 제가 토요일 문화면을 맡고
있다는 것이지요, 전 편집실을 떠날 수 없습니다. 저 페레이라, 코스
타 박사가 말했다, 제 말 잘 들으세요, 파레드는 리스본과 카스카이스
사이에 있습니다, 여기서 십여 킬로미터 거리죠, 만일 당신이 파레드
에서 기사를 써서 리스본으로 보내고 싶다면 요양원 직원이 매일 아
침 당신 기사를 리스본으로 가져다줄 수 있습니다, 아무튼 당신네 문
화면은 일주일에 한 번 나오지요, 당신이 기사 두 개를 준비한다면 이
주 치 토요일 기사를 준비하는 겁니다, 다시 한 번 말씀드리는데 건강
이 신문 문화면보다 중요합니다. 알겠습니다, 페레이라가 말했다, 하
지만 이 주는 너무 깁니다, 한 주 쉬는 걸로 충분할 것 같은데요. 쉬지

않는 쪽보다는 그게 낫겠죠, 코스타 박사가 결론지었다. 하는 수 없이 파레드 해수요법 요양원에서 한 주 보내기로 했다고 페레이라는 주장한다. 코스타 박사에게 내일로 방을 예약해달라고 부탁했지만, 형식적인 절차가 있기 때문에 먼저 편집장에게 알려서 허가를 받아야 했다. 수화기를 들고 인쇄실에 전화했다. 이삼 회 연재할 발자크의 단편이 있으니 몇 주간 문화면을 만들 수 있으리라고 말했다. 그럼 '추모사' 칼럼은요? 인쇄 기술자가 물었다. 지금은 추모 기사가 없습니다, 페레이라가 말했다, 그리고 편집실로 원고를 가지러 오지 마십시오, 오후에 난 사무실에 없을 테니까, 원고를 봉투에 넣어서 유대식 정육점 옆 오르키데아 카페에 맡길 테니 그곳에서 찾아가십시오. 이윽고 페레이라는 전화를 걸어 교환원에게 부사쿠 온천을 연결해달라고 했다. 그러고는 〈리스보아〉 편집장을 부탁했다. 편집장님은 정원에서 일광욕을 즐기고 계십니다, 직원이 말했다, 방해해도 되는지 모르겠군요. 좀 불러주십시오, 페레이라가 말했다, 문화면 편집실에서 전화했다고 말해주십시오. 편집장이 전화기로 와서 말했다. 여보세요, 편집장입니다. 편집장님, 페레이라가 말했다, 발자크의 단편을 번역해서 정리했습니다, 이삼 회에 걸쳐 나갈 예정입니다, 전화드린 이유는 제가 파레드 해수요법 요양원에 입원하고 싶기 때문입니다, 제 심장병이 악화되어서 주치의가 치료를 권했습니다, 허가해주시겠습니까? 그럼 신문은? 편집장이 물었다. 말씀드렸듯이 적어도 이삼 주는 문제없을 것 같습니다, 하고 말했다고 페레이라는 주장한다, 그리고 거긴 리스본에서 가까운 곳입니다, 아무튼 요양원 전화번호를 편집장님께 남기겠습니다, 그리고 저, 무슨 일이 생기면 급히 편집실로 달려오겠습니다. 그럼 수습기자는? 편집장이 물었다, 당신 자리에 수습기자를 앉힐 수도 있지 않겠습니까? 그건 안 됩니다, 페레이라가 대답했다, 사망 기사를 몇 개 받았지만 그 기사가 어느 정도로 쓸모 있을지는 아직 모르겠습니다, 몇몇 중요한 작가가 죽는다면 그때 생각해보겠습니다. 좋아요, 편집장이 말했다, 일주일 동안 치료 잘 받으십시오 페레이라 박사, 부편집장이 있으니 만약의 경우 문제를 처리할 수 있겠지요. 페레이라는 편집장에게 인사하고 난 다음 일전에 만났던 상냥한 부인에게 인사를 전해달라고 말했다. 페레이라는 전화를 끊고 시계를 보았다. 오르키데아 카페에 갈 시간이 거의 다 됐다. 하지만 먼저 전날 저녁 시간이 없어 읽지 못했던 단눈치오에 관한 추모 기사를 읽고 싶었다. 페레이라는 그 글을 추모사 자료로 활용할 수 있도록 보관해놓았다. 단눈치오에 대한 추모사는 이렇게 시작되었다. "정확히 다섯 달 전, 1938년 3월 1일 저녁 여덟시에 가브리엘레 단눈치오가 사망했다. 그 당시 이 신문엔 아직 문화면이 없었지만 지금은 그에 대해 이야기할 때가 온 듯하다. 가브리엘레 단눈치오는 위대한 시인이었다. 단눈치오의 진짜 이름이 라파녜타였던가? 그에 대해 이야기하기란 어렵다. 왜냐하면 동시대인인 우리에게 그의 작품은 너무나 새로운 무엇이기 때문이다. 차라리 예술가의 면모와 섞여 있는 그의 인간적인 면모에 대해 이야기하는 편이 좋을 것이다. 우선 그는 시인이었다. 화려한 것, 세속적인 것, 과장, 행동하는 것을 사랑했다. 그는 위대한 데카당이었고 윤리 법칙을 깼으며, 병적이고 관능적인 것을 사랑했다. 독일 철학자 니체로부터 초인 신화를 빌려 왔지만, 삶을 모방할 수 없는 다채로운 만화경으로 보는 미학 사상의 힘의 의지로 초인 신화를 바꾸어 놓았다. 그는 세계대전에 참전했고, 여러 민족들 사이에 선 평화의 적으로 인식되었다. 그는 1918년 빈 시내 상공을 날며 이탈리아 선전 전단을 뿌리는 등 호전적이고 선동적인 행위들을 했다. 전쟁이 끝난 후에는 피우메를 장악했지만 곧 이탈리아 군에게 축출되었다.* 그리고 스스로 '이탈리아의 승리(빅토리알레 델리 이탈리아니)'라고 이름 붙인 가르도네의 빌라에 머물며 헛된 사랑과 에로틱한 정사로 특징지어지는 문란하고 퇴폐적인 생활을 이어갔다. 단눈치오는 파시즘과 전쟁 행위를 호의적으로 바라보았다. 페르난두 페소아는 그에게 '트롬본 솔로'라는 별명을 붙여줬는데 그리 틀린 말은 아닌 것 같다. 우리에게 들려온 그의 목소리는 사실 섬세한 바이올린 소리가 아니라 관악기의 쩌렁쩌렁한 소리, 요란하고 시끄러운 나팔 소리였다. 그는 평범하지 않은 삶을 살았고, 요란한 시인이었으며, 어둠과 타협으로 얼룩진 남자였다. 결코 본보기로 삼을 만한 사람은 아니었다. 우리가 그를 기억하는 것은 그래서이다. 록시."

페레이라는 쓸모없는 글이라고, 정말 쓸모없는 글이라고 생각했다. '사망 기사' 서류철을 꺼내 그 속 한 페이지에 집어넣었다. 쓰레기통에 버릴 수도 있는데 굳이 그걸 보관하는 이유를 페레이라는 알지 못했다. 이윽고 끓어오르는 분노를 가라앉히기 위해 편집실을 나가 오르키데아 카페로 가야겠다고 생각했다.

카페에 도착했을 때 제일 먼저 본 것은 마르타의 붉은 머리였다고

---

* 단눈치오는 제1차 세계대전 당시 공군으로 참전하여 전쟁영웅으로 떠올랐다. 종전 후에는 자신을 따르는 퇴역 군인들을 이끌고 무역항 피우메의 영유권을 주장하기 위해 도시를 점령하지만, 16개월 뒤 이탈리아 정부에 의해 해산된다.

페레이라는 주장한다. 마르타는 문을 등지고 선풍기 근처 구석 테이블에 앉아 있었다. 알레그리아 광장에서 만났던 날 입은 옷과 같은 옷, 등에서 끈이 교차되는 옷을 입고 있었다. 마르타는 부드러운 곡선에 균형이 잘 잡힌 정말 완벽하게 아름다운 어깨를 가졌다고 생각했다고 페레이라는 주장한다. 페레이라는 다가가 마르타 앞에 섰다. 아, 페레이라 박사님, 마르타가 자연스럽게 말했다, 몬테이루 로시 대신 왔어요, 그 사람이 오늘 못 오게 되서요.

페레이라는 테이블에 자리를 잡고 식전 반주를 한 잔 마시겠냐고 마르타에게 물었다. 마르타는 드라이 포트와인 한 잔을 마시겠다고 대답했다. 페레이라는 웨이터를 불러 드라이 포트와인 두 잔을 주문했다. 그는 술을 마셔서는 안 되지만 내일부터 일주일간 다이어트를 위해 해수요법 요양원에 갈 것이니만큼 가볍게 한잔하기로 했다. 자아, 얘길 해볼까요? 웨이터가 와인을 서빙하고 가자 페레이라가 물었다. 그러니까, 지금은 많은 사람들에게 힘든 시기라고 생각해요, 그 사람은 알렌테주로 떠났어요, 지금쯤 그곳에 있을 거예요, 리스본 밖에서 며칠 보내는 게 좋아요. 그럼 그의 사촌은? 페레이라가 성급히 물었다. 마르타는 그를 보며 웃었다. 당신이 몬테이루 로시와 그의 사촌에게 큰 도움을 주셨다는 걸 알아요, 마르타가 말했다, 페레이라 박사님, 당신은 정말 대단하세요, 틀림없이 우리 편이실 거예요. 페레이라는 살짝 화가 치밀어서 재킷을 벗었다고 주장한다. 아가씨, 난 당신들 편도 그들 편도 아닙니다, 페레이라가 반박했다, 나는 내 생각대로 행동하길 원합니다, 게다가 나는 당신들이 누구인지 모르고 알고 싶지도 않아요, 난 신문기자고 문화면을 맡고 있습니다, 이제 막 발자크의 단편을 번역하고 오는 길입니다, 당신들 이야기는 알고 싶지 않아요, 나는 보도 기자가 아닙니다. 마르타는 포트와인을 한 모금 마시고 나서 말했다, 저희는 보도할 만한 기삿거리는 만들지 않아요, 페레이라 박사님, 박사님께서 이해해주셨으면 하는 건 우리가 역사를 살고 있다는 사실이에요. 페레이라는 자신의 포트와인을 마시고 나서 반박했다. 자, 마르타 양, 역사는 아주 큰 말입니다, 나 역시 비코와 헤겔을 읽었습니다, 역사는 당대에 길들여질 수 있는 짐승이 아닙니다. 하지만 박사님은 마르크스는 읽지 않으셨을 거예요, 마르타가 반박했다. 마르크스는 읽지 않았습니다, 페레이라가 말했다, 난 마르크스에 관심이 없습니다, 난 헤겔학파가 아주 진저리 납니다, 그리고 전에 내가 당신에게 했던 말을 다시 한 번 반복하죠, 나는 나 자신과 문화면만을 생각합니다, 이것이 나의 세계입니다. 개인주의적 무정부주의자요? 마르타가 물었다, 그걸 알고 싶네요. 그게 무슨 말이죠? 페레이라가 물었다. 어머, 개인주의적 무정부주의자가 뭘 의미하는지 모른다곤 말씀하지 마세요, 마르타가 말했다, 스페인은 그들로 포화상태예요, 개인주의적 무정부주의자들은 지금 이 순간 더 많은 관심을 받고 있어요, 설령 사상 정립이 좀더 필요하다고는 해도 그들은 사실상 영웅적인 행동을 이미 시작한 거예요, 최소한 전 그렇게 생각해요. 이봐요, 마르타, 페레이라가 말했다, 난 정치에 대해 논하러 이곳에 온 게 아닙니다, 이미 말했듯이 난 주로 문화면을 담당하고 있기 때문에 정치에 관심이 없어요, 난 몬테이루 로시와 약속했고 당신은 그가 알렌테주에 있다는 말을 하러 왔습니다, 그가 알렌테주에 뭘 하러 간 겁니까?

마르타는 웨이터를 찾기라도 하듯 주변을 돌아보았다. 뭐 좀 먹을 걸 주문할까요? 마르타가 물었다, 오후 세시에 약속이 있거든요. 페레이라가 마누엘을 불렀다. 그들은 허브오믈렛 2인분을 주문했다. 이윽고 페레이라가 다시 말했다. 자, 몬테이루 로시가 알렌테주에 뭘 하러 간 겁니까? 사촌을 따라갔어요, 마르타가 대답했다, 사촌이 최근에 지령을 받았어요, 스페인에 가서 싸우겠다는 알렌테주 사람들이 있어요, 알렌테주에는 위대한 민주주의의 전통이 있지요, 박사님 같은 개인주의적 무정부주의자들도 많아요, 페레이라 박사님, 그곳엔 할 일이 많답니다, 그래서 몬테이루 로시가 사촌을 따라 알렌테주에 가야 했어요, 그곳에서 사람들을 모집해야 하니까요. 알겠습니다, 페레이라가 대답했다, 모집이 잘되기를 바랍니다. 웨이터가 오믈렛을 가져왔고, 그들은 식사를 시작했다. 페레이라는 목에 냅킨을 묶고, 오믈렛 한 입을 먹고 나서 말했다. 저, 마르타, 나는 내일 카스카이스 근처 해수요법 요양원으로 떠납니다, 건강에 문제가 좀 있어요, 몬테이루 로시에게 가서 단눈치오에 관한 그의 기사는 정말 아무 쓸모 없다고 전해주십시오, 어쨌든 당신에게 요양원 전화번호를 주겠습니다, 그곳에서 일주일을 머물 예정입니다, 전화하기 가장 좋은 때는 식사 시간이고요, 이제 몬테이루 로시가 어디 있는지 말해주십시오. 마르타가 목소리를 낮추며 말했다. 오늘 저녁에는 포르탈레그르에 있는 친구 집에 있을 거예요, 하지만 박사님에겐 주소를 알려드리지 않는 편이 낫겠어요, 게다가 임시 거처예요, 밤마다 이 집 저 집 옮겨 다니며 잘 테니까요, 몬테이루 로시는 알렌테주에서 잠시 활동을 해야 해요, 어쩌면 그 사람이 박사님한테 연락할지도 모르죠. 알겠습니다, 페레이라가 마르타에게 쪽지를 건네면서 말했다, 이건 파레드 해수요법 요양원의 내 전화번호입니다. 이제 가봐야 해요, 페레이라 박사님, 마르타가 말했다, 죄송하지만 약속이 있어서요, 시내 저쪽 맞은편까지 가야 되거든요.

페레이라는 일어나 마르타에게 인사했다. 마르타는 걸어가며 밀짚모자를 썼다. 페레이라는 햇살에 환히 드러나는 아름다운 실루엣에 감탄하며 마르타가 나가는 모습을 지켜보았다. 페레이라는 기분이 가벼워졌고 유쾌했지만 이유를 알지 못했다. 페레이라가 마누엘에게 손짓을 하자 마누엘은 민첩하게 다가와 술이 필요하냐고 물었다. 그러나 오후 날씨가 너무 무더웠기 때문에 페레이라는 목이 말랐다. 잠시 생각해보다가 레모네이드 한 잔을 달라고 말했다. 얼음을 가득 넣은 시원한 레모네이드로 주문했다고 페레이라는 주장한다.

14

그다음 날 일찍 일어났다고 페레이라는 주장한다. 커피를 마시고, 작은 여행 가방을 준비했다. 알퐁스 도데의 『월요 이야기』를 가방 안에 넣었다. 며칠 더 머물지도 모른다고 생각했다. 도데는 〈리스보아〉의 단편 코너에서 훌륭하게 소개할 수 있는 작가였다.

현관으로 간 페레이라는 아내의 사진 앞에 멈춰 말했다. 어제저녁에 몬테이루 로시의 여자 친구 마르타를 만났어, 그 청년들이 아주 위험한 일에 빠져든다는 느낌이 들어, 아니 이미 빠져들었어, 어쨌든 나하고는 상관없는 일이야, 일주일 동안 해수요법 치료를 받아야 해, 코스타 박사가 나한테 해수요법을 처방해줬거든, 리스본에서는 숨이 막혀, 발자크의 「오노린」을 번역했어, 오늘 아침에 떠날 거야, 카이스드 소드레에서 기차를 탈 거야, 괜찮다면 당신도 데려갈게. 페레이라는 사진을 집어 가방 안에 넣었다. 머리를 위쪽으로 세웠다. 그의 아내는 평생 공기를 필요로 했으니 사진도 숨을 잘 쉴 수 있어야 한다고 생각했다. 이윽고 대성당 광장까지 내려가 택시를 기다려 타고 역까지 갔다. 광장에서 내려 카이스 드 소드레의 영국식 바에서 뭔가를 먹을 생각이었다. 그곳은 문인들이 드나드는 장소였고 페레이라는 누군가 만나기를 바랐다. 그는 바로 들어가 구석 테이블에 앉았다. 실제로 옆 테이블에서 소설가인 아킬리누 히베이루가 포르투갈 모더니즘 대표 잡지들의 삽화를 그린 아방가르드 화가 베르나르두 마르케스와 점심식사를 하고 있었다. 페레이라는 두 사람에게 안녕하세요, 하고 인사했고 두 예술가는 고갯짓으로 답례했다. 저 사람들 테이블에서 식사하면 참 좋겠다고 페레이라는 생각했다. 전날 단눈치오에 대한 아주 부정적인 비평문을 받았다고 이야기하고 그들이 단눈치오에 대해 어떻게 생각하는지 듣고 싶었다. 그러나 두 예술가가 서로 긴밀한 대화를 나누는 눈치여서 페레이라는 그들을 방해할 용기가 나지 않았다. 내용을 들어보니 베르나르두 마르케스는 더는 그림을 그리고 싶지 않다고 했고 소설가는 외국으로 떠나고 싶다고 했다. 이들의 대화를 듣고 낙담했다고 페레이라는 주장한다. 히베이루 같은 작가가 자신의 조국을 버리리라고는 생각하지 못했기 때문이다. 레모네이드를 마시며 경단고둥을 맛보는 동안 페레이라는 몇 마디 대화를 더 들었다. 파리로 갈 걸세, 아킬리누 히베이루가 말했다, 내가 갈 수 있는 유일한 곳은 파리야. 베르나르두 마르케스가 그 말에 수긍하며 말했다. 잡지사 여러 곳에서 내게 그림을 부탁했어, 하지만 난 이제 그림을 그리고 싶지 않네, 이 나라는 끔찍해, 누구하고도 같이 일하지 않는 게 좋아. 페레이라는 경단고둥과 레모네이드를 다 먹고 자리에서 일어나 두 예술가의 테이블 앞으로 갔다. 실례합니다만 식사에 방해가 되지 않았으면 합니다, 페레이라가 말했다, 제 소개를 하면 전 페레이라 박사입니다. 〈리스보아〉의 문화면을 맡고 있죠, 포르투갈 전체가 당신들과 같은 예술가를 둔 사실을 자랑스러워합니다, 우린 당신들이 필요합니다.

그러고 나서 페레이라는 한낮의 눈부신 햇살로 나와 기차역으로 향했다. 파레드까지 가는 표를 끊으며 시간이 얼마나 걸리느냐고 물었다. 매표원은 얼마 걸리지 않는다고 대답했고 그는 만족스러웠다. 에스토릴행 기차여서 주로 휴가 가는 사람들이 많았다. 페레이라는 바다가 보고 싶었기 때문에 왼쪽에 자리를 잡았다. 사실 그 시간에 객차는 사람이 거의 없어서 페레이라는 마음대로 자리를 잡을 수 있었다. 그가 앉은 쪽이 남향이었기 때문에 햇살에 눈이 따갑지 않도록 커튼을 약간 내리고 바다를 바라봤다. 그리고 자신의 삶을 돌아보기 시작했지만 이것에 대해서는 말하고 싶지 않다고 페레이라는 주장한다. 바다가 잠잠했고 해변에는 해수욕하는 사람들이 있었다고만 말하고 싶다. 페레이라는 해수욕을 하지 않은 지 얼마나 됐을까 생각했고 몇백 년은 된 것 같았다. 코임브라 시절이 생각났다. 오포르투 인근 해변, 예를 들어 그란자 해변 혹은 카지노와 클럽이 있는 이스피뉴에 갔을 때가 생각났다. 북쪽 해변인 그곳의 바다는 아주 차가웠지만 페레이라는 오전 내내 수영을 했다. 그동안 대학 친구들은 모두 덜덜 떨며 해변에서 페레이라를 기다렸다. 수영을 끝내고 그들은 다시 옷을 입었고, 우아한 재킷을 걸치고 당구를 치러 클럽으로 갔다. 사람들이 그들을 감탄스러운 눈길로 쳐다보았고, 지배인은 그들을 반가이 맞으며 이렇게 말했다. 코임브라 대학 학생들이네요! 그러면서 그들에게 가장 좋은 당구대를 내주었다.

기차가 상투 아마루 앞을 지나갔을 때 페레이라는 정신을 차렸다. 구부러진 아름다운 해변과 파란색 바탕에 흰색 줄무늬가 들어간 천막들이 보였다. 기차가 멈추자 페레이라는 기차에서 내려 해수욕을 하러 가야겠다고 생각했다. 다음 기차를 타면 그만이었다. 충동이 이성보다 강했다. 왜 그런 충동이 들었는지 페레이라는 알 수 없었다. 아마 코임브라 시절과 그란자 해변에서의 해수욕이 생각났기 때문이리라. 해변에 도착해서 신발과 양말을 벗고, 한 손에 여행 가방을 들고 다른 손에 신발을 든 채 페레이라는 앞으로 나아갔다. 곧 해변 수상안전요원이 보였다. 까무잡잡하게 탄 청년은 비치 의자에 누운 해수욕객들을 살피고 있었다. 페레이라는 그에게 다가가 수영복과 탈의실을 빌리고 싶다고 말했다. 안전요원은 불손한 태도로 머리끝에서 발끝까지 그를 살피더니 중얼거렸다. 맞는 사이즈의 수영복이 있는지 모르겠네요, 아무튼 물품보관실 열쇠를 드리죠, 가장 큰 1번 사물함입니다. 이윽고 안전요원은 비웃는 듯한 태도로 물었다. 구명튜브도 필요하세요? 난 수영을 썩 잘한다네, 페레이라가 대답했다, 자네보다 더 잘할지도 몰라, 걱정하지 말게. 페레이라는 물품보관실 열쇠와 탈의실 열쇠를 건네받았다. 보관실에는 많은 물건이 구비되어 있었다. 부표, 구명튜브, 코르크를 단 어망, 수영복. 배까지 덮이는 구식의 전신 수영복이 있는지 찾기 위해 수영복들을 뒤졌다. 다행히 그런 수영복을 찾아내어 입었다. 조금 작은 것 같았고 모직 수영복이었지만 더 나

은 것을 찾지 못했다. 탈의실 사물함에 가방과 옷을 넣고 해변을 가로
질러 갔다. 물가에서 젊은이들이 공놀이를 하고 있어서 페레이라는
그들을 피해 갔다. 차가운 물이 천천히 그를 감싸도록 침착하게 느릿
느릿 물속으로 들어갔다. 이윽고 물이 배꼽까지 차오르자 물속으로
뛰어들어 천천히 조심스럽게 헤엄치기 시작했다. 부표까지 한참을 수
영했다. 구명부표를 잡았을 때 숨이 차오르고 심장이 미친 듯이 뛰는
걸 느꼈다. 미쳤어, 페레이라는 생각했다, 수영을 하지 않은 지 오래
됐는데 수영 선수처럼 이렇게 물로 뛰어들다니. 페레이라는 부표를
잡고 휴식을 취하며 잠시 죽은 듯이 떠 있었다. 눈 위로 보이는 하늘
은 잔인하도록 파랬다. 페레이라는 다시 호흡을 가다듬고 침착하게
천천히 팔을 움직여 물속을 헤엄쳐갔다. 안전요원 앞을 지나갈 때 해
냈다는 뿌듯함을 표현하고 싶었다. 보다시피 난 구명튜브가 필요 없
네, 페레이라가 말했다, 에스토릴행 다음 기차는 언제 지나가나? 안
전요원은 시계를 보았다. 십오 분 후에 지나갑니다, 그가 대답했다.
잘됐군, 페레이라가 말했다, 그런데 시간이 별로 없으니 날 좀 따라오
겠나, 옷을 갈아입고 요금을 내겠네. 페레이라는 탈의실에서 옷을 갈
아입고 나와 안전요원에게 요금을 지불했다. 지갑에 넣고 다니는 작
은 빗으로 숱 없는 머리를 빗질하고 안전요원에게 인사했다. 잘 있게,
페레이라가 말했다, 공놀이를 하고 있는 저 청년들을 잘 감시하게, 내
생각에 수영을 할 줄 몰라 안전요원들을 귀찮게 할 걸세.

　페레이라는 터널을 지나 차양 아래 돌 벤치에 앉았다. 기차 오는 소
리가 들리자 시계를 보았다. 늦었군, 페레이라가 생각했다, 아마 해수
요법 요양원에서 점심시간에 맞춰 날 기다렸을 거야, 요양원에서는

일찍 식사를 하니까, 하지만 할 수 없지, 하고 생각했다. 기차가 역으로 들어오는 동안 페레이라는 기분이 좋고 긴장이 풀리고 상쾌했다. 이제 해수요법 요양원으로 가기만 하면 됐다. 적어도 일주일은 그 요양원에 있을 생각이었다고 페레이라는 주장한다.

파레드에 도착했을 때는 거의 두시 반이었다. 택시를 타고 운전사에게 해수요법 요양원까지 데려다달라고 부탁했다. 결핵 환자들을 위한 요양원 말입니까? 택시 운전사가 물었다. 모르겠습니다, 페레이라가 대답했다, 해안가에 있는 요양원입니다. 그렇다면 아주 가깝네요, 택시 운전사가 말했다, 걸어갈 수도 있답니다. 저, 페레이라가 말했다, 나는 피곤하고 날씨는 아주 무덥습니다, 팁을 드리지요.

해수요법 요양원은 야자수 나무가 울창한 큰 정원이 딸린 분홍색 건물이었다. 요양원은 절벽 위에 있었고 도로와 해변으로 이어진 계단이 있었다. 페레이라는 힘겹게 계단을 올라가 홀로 들어갔다. 흰 가운을 입은 뺨이 붉은 뚱뚱한 부인이 그를 맞았다. 저는 페레이라 박사입니다, 페레이라가 말했다, 제 주치의 코스타 박사가 전화해서 제 방을 예약했을 겁니다. 아, 페레이라 박사님, 흰 가운을 입은 부인이 말했다, 점심시간 때 박사님을 기다렸답니다, 왜 이렇게 늦으셨어요, 점심식사는 하셨나요? 사실 역에서 경단고둥밖에 못 먹었더니 배가 고프군요, 페레이라가 말했다. 그렇다면 절 따라오세요, 흰 가운을 입은 부인이 말했다, 식당은 닫았지만 마리아 다스도르스가 박사님을 위해 요깃거리를 준비해드릴 거예요. 부인은 식당까지 그를 안내했다. 큰 창문들을 통해 바다가 내다보이는 널찍한 장소였다. 식당은 텅텅 비어 있었다. 페레이라가 자리에 앉자 콧수염이 거뭇거뭇한 앞치마를 두른 여자가 왔다. 저는 마리아 다스도르스입니다, 여자가 말했다, 요리사죠, 생선구이를 준비해드릴 수 있어요. 감사합니다, 가자미구이로 부탁드립니다, 페레이라가 대답했다. 레모네이드도 주문해서 맛있게 홀짝였다. 재킷을 벗고 셔츠 위로 냅킨을 맸다. 마리아 다스도르스는 생선구이를 가지고 돌아왔다. 가자미가 없어서 감성돔을 준비했습니다. 페레이라는 맛있게 먹기 시작했다. 해초 목욕은 오후 다섯시에 있어요, 요리사가 말했다. 하지만 해초 목욕 대신 낮잠을 주무시고 싶다면 내일 시작할 수도 있습니다, 박사님의 담당 의사는 카르도주 박사님입니다, 오후 여섯시에 직접 방으로 찾아가실 거예요. 알겠습니다, 페레이라가 말했다, 전 방에 가서 좀 쉬고 싶군요.

페레이라는 자신의 방 22호로 올라갔다. 가방이 도착해 있었다. 덧문을 닫고, 양치질을 한 다음 잠옷으로 갈아입지도 않고 침대에 누웠다. 시원한 바닷바람이 덧문을 통해 새어 들어와 커튼을 흔들었다. 페레이라는 금방 잠이 들었고, 아름다운 꿈을 꿨다. 젊은 시절의 꿈이었다. 그는 그란자 해변에 있었고 마치 수영장 같은 바다에서 수영했다. 그 가장자리에 창백한 아가씨가 두 팔로 수건을 받쳐들고 그를 기다리고 있었다. 이윽고 그는 다시 수영했고, 꿈은 계속됐다. 정말 아름다운 꿈이었다. 하지만 페레이라는 꿈의 다음 내용을 계속해서 말하고 싶지 않다. 왜냐하면 그의 꿈은 이 이야기와 아무 상관이 없기 때문이라고 페레이라는 주장한다.

15

여섯시 반에 페레이라는 노크 소리를 들었지만 그 전에 이미 깨어 있었다고 주장한다. 그는 덧문을 통과해 천장에 어른거리는 빛과 그림자 줄무늬를 보며 발자크의 「오노린」에 대해, 회개에 대해 생각하고 있었다. 그 역시 뭔가 회개해야 할 것 같았지만 무엇을 회개해야 할지 몰랐다. 갑자기 안토니우 신부와 이야기하고 싶어졌다. 그는 신부에게 회개하고 털어놓고 싶지만 무엇을 회개해야 할지 알지 못했다. 페레이라는 회개를 막연히 그리워할 뿐이었다. 이것이 그가 말하고자 하는 의미였다. 아니면 회개라는 생각만을 좋아한 것일지도 모른다.

누구세요? 페레이라가 물었다. 산책 시간입니다, 문밖에서 간호사의 목소리가 말했다, 카르도주 박사님이 홀에서 기다리세요. 페레이라는 산책을 하고 싶지 않았다고 주장한다. 하지만 그래도 일어나 여행 가방을 풀고 끈 달린 구두를 꺼내 신고, 면바지와 품이 넉넉한 카키색 셔츠를 입었다. 그러고는 테이블에 아내의 사진을 올려놓고 말했다. 여브, 해수요법 요양원에 왔어, 하지만 지루하면 떠날 거야, 다행히 알퐁스 도데의 책을 가져왔어, 신문에 실을 번역을 할 수 있을 거야, 우린 도데의 『소소한 것』을 특히 좋아했는데, 기억나? 코임브라에서 그 작품을 읽고 둘 다 감동했었잖아, 유년 시절의 이야기였고, 우린 아이를 가질 생각이었는데 그러지 못했지, 괜찮아, 아무튼 『월요이야기』를 가져왔어, 〈리스보아〉에 아주 잘 맞는 소설이라고 생각해, 아, 미안해, 가봐야 해, 의사가 기다리고 있는 것 같아, 해수요법이 어떤 건지 들어보자고, 나중에 다시 봐.

　홀에 도착하자 흰 가운을 입은 신사가 창밖 바다를 바라보고 있었다. 페레이라는 그에게 다가갔다. 파란 눈에 노란 턱수염을 기른 서른다섯 살에서 마흔 살 사이로 보이는 남자였다. 안녕하세요, 의사가 수줍은 미소를 지으며 말했다, 저는 카르도주 박사입니다, 페레이라 박사님이시죠, 기다리고 있었습니다, 환자들이 해변을 산책할 시간입니다만 원하신다면 이곳에서 대화를 나눠도 되고 정원으로 나갈 수도 있습니다. 페레이라는 사실 해변 산책은 하고 싶지 않다고 대답했다. 그날 이미 해변에 갔다 왔다고 말하며 상투 아마루에서 해수욕을 했다고 이야기했다. 아, 좋은 소식이네요, 카르도주 박사가 큰 소리로 말했다, 아주 어려운 상황의 환자를 만났다고 생각했는데 여전히 자연에 이끌리시는군요. 자연보다는 추억에 이끌린 겁니다, 페레이라가 말했다. 무슨 의미죠? 카르도주 박사가 물었다. 무슨 의미인지 선생

님께 설명드리겠습니다, 페레이라가 말했다, 하지만 지금은 안 되고,
내일쯤 말씀드리죠.

두 사람은 정원으로 나갔다. 산책을 할까요? 카르도주 박사가 제안
했다, 당신에게도 좋고 제게도 좋을 겁니다. 바위와 모래 사이에서 자
란 야자수들 뒤로 아름다운 공원이 있었다. 페레이라는 카르도주 박
사를 따라갔다. 카르도주 박사는 잡담 나누는 걸 좋아했다. 앞으로 며
칠 동안 제가 당신을 담당하게 됐습니다, 카르도주 박사가 말했다, 당
신과 이야기하고 당신의 습관을 알 필요가 있습니다, 제게 비밀이 있
어서는 안 됩니다. 뭐든지 물어보십시오, 페레이라가 선뜻 말했다. 카
르도주 박사는 풀줄기를 뜯어 입에 물었다. 박사님 식습관부터 얘기
해볼까요, 카르도주 박사가 물었다, 식습관은 어떠십니까? 아침엔 커
피를 마십니다, 페레이라가 대답했다, 그리고 다른 사람들처럼 점심
과 저녁을 먹습니다, 아주 간단하죠. 보통 뭘 드시죠, 카르도주 박사
가 물었다, 그러니까 어떤 종류의 음식을 드십니까? 오믈렛, 사실 오
믈렛만 먹습니다, 식사를 봐주는 가사도우미 아주머니가 오믈렛 샌드
위치를 준비해주고 오르키데아 카페에서는 허브오믈렛만 나오니까
요, 페레이라는 이렇게 대답하고 싶었다. 하지만 페레이라는 부끄러
웠고 그래서 다른 대답을 했다. 생선, 고기, 야채 등 다양한 음식을 먹
습니다, 페레이라가 말했다, 음식을 최대한 절제해서 먹고 영양분을
골고루 섭취합니다. 그런데 언제부터 비만이 시작되신 거죠? 카르도
주 박사가 물었다. 몇 년 전, 페레이라가 대답했다, 아내가 죽고 나서
부터입니다. 그러면 단 음식은요, 카르도주 박사가 물었다, 단것을 많
이 드십니까? 전혀요, 페레이라가 대답했다, 전 단것을 좋아하지 않

습니다, 레모네이드만 마십니다. 어떤 종류의 레모네이드죠? 카르도주 박사가 물었다. 레몬을 직접 짜서 만든 걸 좋아합니다, 페레이라가 말했다, 레모네이드를 마시면 상쾌해지죠, 전 종종 장이 불편한데 레모네이드가 장에 좋은 것 같습니다. 하루에 몇 잔이나 드시죠? 카르도주 박사가 물었다. 페레이라는 잠깐 생각했다. 그때그때 다릅니다, 페레이라가 대답했다, 예를 들어 요즘 같은 여름에는 열 잔 정도 마시겠군요. 하루에 레모네이드 열 잔이라고요! 카르도주 박사가 소리쳤다, 페레이라 박사님, 그건 미친 짓입니다, 말씀해보세요, 설탕도 넣으세요? 네 넣지요, 페레이라가 말했다, 레몬즙과 설탕을 반반씩 넣습니다. 카르도주 박사는 입에 물고 있던 풀줄기를 뱉고, 단호한 손짓을 하며 진단을 내렸다. 오늘부터 레모네이드는 마시지 마십시오, 대신 광천수를 드세요, 가스가 들어가지 않은 게 더 좋지만 원하신다면 탄산수도 괜찮습니다. 페레이라는 공원 백향목 아래 벤치에 앉으며 카르도주 박사에게도 앉으라고 권했다. 페레이라 박사님, 실례지만, 카르도주 박사가 말했다, 이제 좀더 은밀한 질문을 하겠습니다, 성생활은 어떠십니까? 페레이라는 나무 꼭대기를 쳐다보며 말했다. 좀더 자세히 설명해주세요. 여자 말입니다, 카르도주 박사가 설명했다, 여자들과 사귀십니까, 정상적인 성생활을 하고 계신가요? 저, 선생님, 페레이라가 말했다, 저는 홀아비입니다, 이제 젊지도 않고 일 때문에 바쁩니다, 시간이 없어서 여자는 만나고 싶지 않습니다. 여자를 전혀 찾지 않으신다고요? 카르도주 박사가 물었다, 그러니까 연애도 안 하시고 이따금 창녀도 찾지 않으신다는 거군요. 전혀요, 페레이라가 말했다. 페레이라는 담배를 피워도 되느냐고 물으며 시가를 꺼냈다. 카르도주 박사는 흡연을 허락했다. 박사님의 심장병에 좋지 않습니다만 꼭 피우시겠다면 할 수 없죠, 의사가 말했다. 질문에 당황해서 담배 생각이 났습니다, 페레이라가 솔직히 말했다. 그런데 당황스러운 질문을 또 해야겠습니다, 카르도주 박사가 말했다, 몽정은요? 질문을 이해 못 했습니다만, 페레이라가 말했다. 저, 카르도주 박사가 말했다, 오르가슴에 이르는 에로틱한 꿈을 꾸시느냐는 말입니다, 야한 꿈을 꾸십니까, 무슨 꿈을 꾸시나요? 저, 선생님, 페레이라가 대답했다, 제 부친은 우리의 꿈은 아주 사적인 영역이라 다른 사람에게 그 내용을 털어놓을 필요가 없다고 가르치셨습니다. 하지만 박사님은 여기에서 치료 중이시고 저는 당신의 의사입니다, 카르도주 박사가 반박했다, 박사님의 심리 상태는 박사님의 육체와 관계가 있습니다, 그래서 전 박사님이 무슨 꿈을 꾸는지 알아야 합니다. 나는 종종 그란자의 꿈을 꿉니다, 페레이라가 고백했다. 여자입니까? 카르도주 박사가 물었다. 지명입니다, 페레이라가 말했다, 오포르투 근처에 있는 해변이죠, 젊었을 적, 코임브라에서 공부할 때부터 거기에 갔습니다, 그리고 이스피뉴에도 갔습니다, 수영장과 카지노가 있는 우아한 해변이었죠, 종종 수영을 했고 멋진 당구장이 있어서 당구를 치기도 했습니다, 내 약혼녀도 거기에 왔었죠, 나중에 결혼했는데, 아내는 몸이 아팠습니다, 하지만 그땐 아직 아프다는 걸 몰랐죠, 아내는 두통이 좀 심할 뿐이었습니다, 그때가 내 평생 가장 아름다운 시절이었습니다, 그 시절 꿈을 꾸고 싶어서인지 그때 꿈을 꿉니다. 알겠습니다, 카르도주 박사가 말했다, 오늘은 그만하겠습니다, 오늘 저녁 박사님과 함께 식사를 하고 싶습니다, 이것저것 얘기를 나눌까 해서요, 전 문학을 아주 좋아한답니다. 박사님 신문에서 19세기 프랑스 작가들을 다룬 글을 봤습니다. 전 파리에서 공부하며 프랑스 문화를 접했지요. 저녁때 내일의 프로그램에 대해서도 설명드리겠습니다. 여덟시에 식당에서 뵙죠.

카르도주 박사는 일어나 페레이라에게 인사했다. 페레이라는 계속 앉아 나무 꼭대기를 쳐다보았다. 죄송합니다, 선생님, 페레이라가 덧붙였다. 담배를 끄겠다고 약속했는데 끝까지 피우고 싶군요. 원하는 대로 하십시오, 카르도주 박사가 대답했다. 내일부터 다이어트를 시작하겠습니다. 페레이라는 담배를 피우고만 있었다. 오래 알고 지낸 코스타 박사도 그렇게 개인적이고 은밀한 질문을 한 적이 없었다고 페레이라는 생각했다. 파리에서 공부한 젊은 의사들은 확실히 달랐다. 다시 생각해봐도 놀랍고 당혹스러웠지만 너무 깊이 생각하지 않는 편이 좋겠다고 판단했다. 분명 그곳은 특별한 요양원이었다고 페레이라는 주장한다.

16

정확히 정각 여덟시에 카르도주 박사는 식당 테이블에 앉아 있었다. 페레이라도 정각에 도착해 카르도주 박사가 있는 테이블로 갔다고 주장한다. 페레이라는 회색 양복에 검은색 넥타이를 맸다. 식당 안에서 주변을 살폈다. 앉아 있는 사람들은 약 오십 명 정도였고 모두 노인들이었다. 물론 페레이라보다 나이가 더 많았고, 대부분 노부부들로 쌍쌍이 앉아 한 테이블에서 식사하고 있었다. 덕분에 기분이 좋았다고 페레이라는 주장한다. 왜냐하면 결국 페레이라는 젊은 축에 속했고 그렇게 늙지 않았다는 사실은 기분 좋은 일이었기 때문이다. 카르도주 박사는 그에게 미소를 지으며 일어나려 했다. 페레이라는 손짓으로 그냥 편히 앉아 있으라고 했다. 카르도주 박사님, 페레이라가 말했다, 이번 저녁식사도 전 당신 결정에 따라야 하겠군요. 빈속에 광천수 한 잔은 좋은 건강 습관입니다, 카르도주 박사가 말했다. 천연 탄산수입니까, 페레이라가 말했다. 천연 탄산수입니다, 카르도주 박사가 대답하며 페레이라를 위해 물 한 잔을 채워주었다. 페레이라는 가벼운 거부감을 느끼며 물을 마셨고 레모네이드가 마시고 싶었다. 페레이라 박사님, 카르도주 박사가 말했다, 〈리스보아〉의 문화면을 어떻게 구상하실지 궁금했습니다, 전 페소아 추모사와 모파상의 단편이 아주 좋았습니다, 번역이 정말 잘됐더군요. 제가 번역했지요, 페레이라가 대답했다, 하지만 제 서명을 넣고 싶진 않았습니다. 서명을 넣으셔야죠, 카르도주 박사가 반박했다, 중요한 기사는 특히요, 앞으로는 신문에 뭐가 실립니까? 말씀드리죠, 카르도주 박사님, 페레이라가 대답했다, 다음 서너 번은 발자크의 단편 「오노린」이 실릴 예정입니다, 그 작품을 아시는지 모르겠군요. 카르도주 박사는 고개를 가로저으며 모른다고 했다. 회개에 대한 이야기입니다, 페레이라가 말했다, 회개에 대한 아름다운 이야기죠, 저는 자전적인 요소를 중심으로 그 작품을 읽었답니다. 위대한 발자크의 회개라는 말씀이십니까? 카르도주 박사가 물었다. 페레이라는 잠깐 생각에 잠겼다. 외람된 질문입니다만, 카르도주 박사님, 페레이라가 말했다, 아까 오후에 프랑스에서 공부하셨다고 했는데 어떤 공부인지 가르쳐주시겠습니까? 저는 의대를 졸업하고 나서 영양학과 심리학, 두 분야의 전문 과정을 밟았습니다, 카르도주 박사가 대답했다. 두 분야는 서로 연관성이 없어 보이는데요, 죄송합니다만 연관 관계를 모르겠습니다, 하고 페레이라는 말했다고 주장한다. 생각하시는 것보다 훨씬 더 많이 관련되어 있답니다, 카르도주 박사가 말했다, 박사님께서 우리 육체와 심리 간의 상호작용을 깨닫게 되실는지 모르겠습니다만, 박사님께서 상상하시는 것 이상으로 더 활발한 상호작용이 일어나고 있습니다, 아무튼 박사님께서는 발자크의 단편이 자전적 소설이라고 말씀하셨지요. 아, 자전적 소설이라는 게 아닙니다, 페레이라가 반박했다, 자전적 요소를 중심으로 작품을 읽었고 그 안에서 저 자신을 재인식했다는 뜻입니다. 회개는요? 카르도주 박사가 물었다. 이래저래 회개했답니다, 페레이라가 말했다, 비록 아주 간접적인 방법이긴 했지만 말입니다, 아니 간접적이라기보다는 주변적인 방법으로라는 말이 적당하겠군요, 주변적인 방법으로 그 안에서 저 자신을 재인식했다고 말씀드릴 수 있습니다.

카르도주 박사가 식당 종업원에게 손짓했다. 오늘 저녁은 생선요리를 먹죠, 카르도주 박사가 말했다, 저는 굽거나 삶은 생선요리를 좋아합니다만 다른 방식도 괜찮습니다. 생선구이는 이미 점심때 먹었답니다, 페레이라가 설명했다, 그리고 삶은 생선은 좋아하지 않습니다, 여기가 병원이라는 걸 절감하게 되는군요, 저는 병원에 있다고 생각하고 싶지 않아요, 호텔에 있다고 생각하고 싶습니다, 그러니 뫼니에르*로 한 가자미 요리를 먹겠습니다. 좋아요, 카르도주 박사가 말했다, 저도 버터에 볶은 당근을 곁들여 뫼니에르 가자미 요리를 먹겠습니다. 그럼 계속해볼까요, 주변적인 방법으로 회개한다니, 무슨 뜻입니까? 선생님이 심리학을 공부하셨다니 대화할 용기가 생기는군요, 페레이라가 말했다, 사제인 제 친구 안토니우 신부와 이 문제를 이야기

---

* 생선에 밀가루를 묻혀 버터에 굽는 요리법.

하는 게 더 좋을 듯합니다만, 그는 이해하지 못할 겁니다, 사제들에게는 죄를 고백해야 하는데 전 특별히 죄를 지었다고는 생각하지 않으니까요, 저는 다만 회개를 갈망할 뿐입니다, 회개에 대한 향수를 품고 있을 뿐이지요. 페레이라 박사님, 그 문제에 대해 좀더 깊이 이야기해주셔야 할 것 같습니다, 카르도주 박사가 말했다, 제게 얘기하고 싶으시다면 전 들을 준비가 됐습니다. 그러니까, 페레이라가 말했다, 그건 제 인격의 주변부에 있는 이상한 감정입니다, 그래서 전 그 감정을 주변적인 감정이라고 부르지요, 사실 전 제가 살아온 삶에 만족합니다, 코임브라에서 공부를 하고, 요양원에서 평생을 보낸 아픈 여인과 결혼하고, 그리고 큰 신문사에서 오랫동안 범죄 기사를 쓰고, 지금은 이 작은 신문사의 문화면을 맡고 있다는 사실에 만족합니다, 하지만 동시에 내 삶을 돌아보며 회개하고 싶은 마음이 들기도 합니다, 제가 하고 싶은 말을 이해하실지 모르겠습니다.

카르도주 박사는 뫼니에르 가자미 요리를 먹기 시작했고 페레이라도 따라 먹었다. 박사님의 최근 몇 달간의 생활을 좀더 알아야겠습니다, 카르도주 박사가 말했다, 사건이 있었을 겁니다. 사건이라니 무슨 뜻이죠, 사건이란 게 뭘 의미합니까? 페레이라가 물었다. '사건'은 정신분석 용어입니다, 카르도주 박사가 말했다, 전 프로이트를 지나치게 믿는 사람은 아닙니다, 저는 제설혼합주의자(諸說混閣主義者)니까요, 하지만 사건에 대한 프로이트의 주장은 옳다고 생각합니다, 사건은 우리 삶에서 일어나며 우리의 신념과 균형을 깨뜨리거나 흔들어놓는 구체적인 무엇입니다, 요컨대 사건은 실제 일상에서 만들어지고 정신생활에 영향을 미치는 것이지요, 박사님의 삶에서 사건이 있었는지 생각해봐주세요. 한 사람을 만났습니다, 하고 말했다고 페레이라는 주장한다. 아니 두 사람을 만났군요, 청년과 한 젊은 여성입니다. 자, 제게 그 두 사람에 대해 말씀해주십시오, 카르도주 박사가 말했다. 그러지요, 페레이라가 말했다, 사실 우리 신문 문화면에서는 죽음을 앞둔 중요한 작가들의 사망 기사를 미리 준비할 필요가 있었습니다, 내가 만났던 그 청년이 죽음에 관한 논문을 썼더군요, 사실 남의 글을 일부 베껴 썼죠, 처음엔 그가 죽음에 대해 잘 알 거라고 생각했습니다, 그래서 사망 기사를 미리 써줄 수습기자로 채용했죠, 청년은 내게 기사 몇 개를 써줬고 난 신문사에 부담을 주기 싫어서 내 주머니에서 나온 돈을 그에게 지불했습니다, 하지만 하나같이 신문에 실을 수 없는 기사였습니다, 그 이유는 청년의 머릿속이 정치로 가득 차 있어서 모든 사망 기사를 정치적 시각에서 썼기 때문입니다, 사실 청년의 여자 친구가 그의 머릿속에 이 생각들, 그러니까 파시즘, 사회주의, 스페인 내란 같은 것을 집어넣었다고 생각합니다, 당신에게 말했듯이 그 기사들은 모두 신문에 실을 수 없는 것이었지만 나는 지금까지 그 돈을 지불했습니다. 나쁜 일은 아니네요, 카르도주 박사가 말했다, 결국 박사님 돈만 손해 봤을 뿐이군요. 그렇지 않습니다, 하고 말했다고 페레이라는 주장한다, 사실 의심이 생겼습니다, 그 두 젊은이의 생각이 옳은 게 아닐까요? 그 경우 그들의 생각이 옳을지도 모릅니다, 카르도주 박사가 조용히 말했다, 하지만 박사님이 아니라 역사가 말해줄 사실입니다, 페레이라 박사님. 네, 페레이라가 말했다, 하지만 만일 그들의 생각이 옳다면 내 삶은 의미가 없어집니다, 코임브라에서 문학을 공부했고 문학이 세상에서 가장 가치 있는 것이라 믿어온 내 신념이 아무 의미 없어질지 모릅니다, 내 의견을 표현할 수 없고 19세기 프랑스 단편들만 소개해야 하는 이 석간신문의 문화면을 담당한 일이 의미 없어지는 겁니다, 더는 아무 의미가 없는 겁니다, 그래서 나는 회개할 필요를 느낍니다. 마치 내가 그동안 신문기자 생활을 해온 페레이라가 아니라 다른 사람이 되어야 하고 뭔가를 부정해야 한다는 듯이 말입니다.

카르도주 박사는 식당 종업원을 불러 설탕과 아이스크림을 뺀 과일 샐러드 2인분을 주문했다. 질문을 하나 더 하고 싶은데요, 카르도주 박사가 말했다, 박사님은 '의사철학자'들을 아십니까? 아니, 모릅니다, 페레이라가 대답했다, 그들이 누구죠? 이 계통의 주요 인물이 테오뒬 리보와 피에르 자네입니다, 카르도주 박사가 말했다, 파리에서 그들의 저작을 연구했지요, 그들은 의사이자 심리학자이지만 철학자이기도 합니다, 흥미로운 이론을 주장했죠, 정신들의 연합이라는 이론입니다. 그 이론을 설명해주세요, 페레이라가 말했다. 그러니까, 카르도주 탁사가 말했다, '무수히 많은 자아'의 복합체에서 분리되어 자기 자신을 이루는 '하나의 자아'가 된다는 것은 하나의 정신을 주장하는 기독교 전통에서 나온 순진한 환상입니다. 리보와 자네는 인격을 다양한 정신의 연합으로 보았습니다, 왜냐하면 우리 안에는 다양한 정신, 그러니까 지배적인 자아의 통제 아래 있는 정신들의 연합이 있기 때문입니다, 카르도주 박사는 잠시 침묵하다가 계속했다, 규범이니 우리의 존재니 정상성이니 하는 것은 단지 결과일 뿐 전제가 아닙니다, 우리 정신들의 연합에서 명령을 내리는 지배적인 자아의 통제에 좌지우지되는 것입니다, 더 강하고 힘센 또 다른 자아가 나타나는 경우에 그 자아는 주도권을 잡고 있던 자아를 몰아내고 그 자리를 차지해서 정신의 집단 다시 말해 정신의 연합을 지배하게 되죠, 직접적인 공격으로든 끈질긴 침식으로든 또 다른 지배적 자아가 나타나 쫓겨날 때까지 그 주도권은 유지됩니다, 페레이라 박사님, 카르도주 박사가 결론을 내렸다, 아마 끈질기게 야금야금 침식해서 박사님의 정신의 연합의 주도권을 잡아가는 지배적인 자아가 있을 겁니다, 박사님은 아무것도 할 수 없습니다, 단지 그때그때 그것에 순응할 수밖에 없습니다.

카르도주 박사는 과일 샐러드를 마저 먹고 냅킨으로 입을 닦았다. 그럼 난 뭘 해야 합니까? 페레이라가 물었다. 아무것도 없습니다, 카르도주 박사가 대답했다, 기다릴밖에요, 천천히 침식을 일으킨 후에, 문학이 세상에서 가장 가치 있는 것이라 믿으면서 신문사에서 범죄 기사를 쓰며 이 모든 세월을 보낸 후에, 박사님의 정신의 연합을 주도하고 있는 하나의 지배적 자아가 있을 겁니다, 박사님은 그 자아가 표면에 나타나게 내버려두시면 됩니다, 달리 어쩔 도리가 없어요, 어쩔 수 없이 박사님 자신과 갈등을 일으키게 될 겁니다, 박사님께서 자신의 삶을 회개하고 싶다면 그렇게 하십시오, 사제에게 이야기하고 싶다면 그렇게 하세요, 페레이라 박사님, 결국 그 젊은이들 생각이 옳고 지금까지의 당신 삶이 쓸데없다는 생각이 들기 시작하면 그렇게 생각하십시오, 하지만 아마 앞으로는 박사님 삶이 쓸데없다고 생각되진 않으실 겁니다, 박사님의 새로운 지배적 자아가 이끄는 대로 놔두십시오, 그리고 설탕을 가득 넣은 레모네이드와 음식으로 박사님의 고통을 보상받지 마세요.

페레이라는 과일 샐러드를 다 먹고 나서 목에 맨 냅킨을 풀었다. 무척 흥미로운 이론이네요, 페레이라가 말했다, 좀더 생각해보겠습니다, 커피를 마시고 싶은데 어떻습니까? 커피는 불면증을 유발하죠, 카르도주 박사가 말했다, 하지만 주무시고 싶지 않다면 마음대로 하십시오, 해초 목욕은 하루에 두 번 오전 아홉시와 오후 다섯시에 있습니다, 내일 아침 시간을 지켜주셨으면 좋겠습니다, 해초 목욕이 박사님께 효과가 있으리라 믿습니다.

안녕히 주무십시오, 페레이라가 중얼거렸다. 페레이라는 일어나 자리를 떴다. 그리고 몇 걸음 가다 뒤돌아보았다. 카르도주 박사가 그에게 미소를 지었다. 아홉시에 정확히 가 있겠습니다, 하고 말했다고 페레이라는 주장한다.

17

　오전 아홉시에 요양원 해변으로 연결되는 계단을 내려갔다고 페레이라는 주장한다. 해안을 빙 두른 암초 안에 거대한 바위 수영장이 두 군데 파여 있었고 바위 수영장 안으로 파도가 마음껏 드나들었다. 탕에는 길고 윤나고 통통한 해초들이 가득 들어 있어서 수면을 빽빽하게 덮었고 몇몇 사람들은 이미 탕 안에 들어가 있었다. 수영장 옆으로 파란색 페인트칠을 한 나무 오두막 두 채가 서 있었다. 탈의실이었다. 페레이라는 카르도주 박사가 탕 안에 있는 환자들을 지키고 서서 움직이는 방법에 대해 지시하는 모습을 보았다. 페레이라는 그에게 다가가 안녕하세요, 하고 인사했다. 비록 해변 날씨는 서늘하고 바닷물 온도는 목욕하기에 그리 좋지 않았지만 기분이 상쾌해서 탕 안에 들어가고 싶은 마음이 생겼다고 페레이라는 주장한다. 페레이라는 잊어

먹고 수영복을 챙겨오지 않았다고 변명하며 카르도주 박사에게 수영복을 하나 달라고 부탁했다. 배와 가슴 일부를 감출 수 있는 구식 스타일의 수영복으로 달라고 말했다. 카르도주 박사는 고개를 저었다. 죄송합니다, 페레이라 박사님, 카르도주 박사가 말했다, 부끄러움을 이겨내야 합니다, 해초는 피부와 직접 접촉해야 좋은 효과가 나타납니다, 짧은 수영복, 짧은 반바지를 입으세요. 페레이라는 포기하고 탈의실로 들어갔다. 바지와 카키색 셔츠를 사물함에 넣고 밖으로 나왔다. 바람이 정말 쌀쌀했지만 기운이 났다. 페레이라는 한쪽 발을 물에 살짝 넣어보았지만 생각했던 것처럼 그렇게 차갑지는 않았다. 그는 몸에 달라붙는 해초 때문에 살짝 몸서리를 치면서 조심스럽게 물속으로 들어갔다. 카르도주 박사가 탕 가장자리로 와서 그에게 지시를 내리기 시작했다. 체조를 하듯 두 팔을 움직이십시오, 카르도주 박사가 말했다, 해초로 배와 가슴을 마사지하세요. 페레이라는 숨이 찰 때까지 지시대로 충실히 움직였다. 목까지 물이 차는 곳에 들어가자 움직임을 멈추고 천천히 두 손을 움직이기 시작했다. 간밤에 어떻게 주무셨습니까? 카르도주 박사가 물었다. 잘 잤습니다, 페레이라가 대답했다, 하지만 늦게까지 책을 읽었습니다, 알퐁스 도데의 책을 가져왔거든요, 도데를 좋아하십니까? 잘 모릅니다, 카르도주 박사가 고백했다. 『월요 이야기』의 단편 하나를 번역할 생각입니다, 〈리스보아〉에 실으려고요, 페레이라가 말했다. 그 작품 이야기를 해주세요, 카르도주 박사가 말했다. 음, 페레이라가 말했다, 「마지막 수업」이라는 단편입니다, 알자스 지방의 한 프랑스 마을에서 아이들을 가르치는 선생님 이야기입니다, 제자들은 농촌 아이들, 밭에서 일하느라 수업에 빠지곤 하는 가난한 아이들이라 선생님은 절망하지요. 페레이라는 물이 입안으로 들어오지 않도록 몇 걸음 앞으로 움직였다. 그러다가 프로이센·프랑스 전쟁이 끝나고 마지막 수업 날이 옵니다, 페레이라는 말을 이어갔다. 선생님은 제자들이 오기를 큰 희망 없이 기다립니다, 그런데 농부들, 노인들 등 모든 마을 사람들이 나타납니다, 학교를 떠나는 프랑스인 선생님에게 경의를 표하기 위해 온 겁니다, 다음 날 독일군이 학교를 차지하게 되리라는 걸 알기 때문이죠, 그러자 선생님은 칠판에 '프랑스 만세'라고 씁니다, 그렇게 선생님은 교실에 큰 감동을 남기며 눈물을 머금고 학교를 떠납니다. 페레이라는 팔에 걸린 긴 해초 두 개를 떼어내며 물었다. 어떻습니까, 카르도주 박사님? 아름다운 이야기군요, 카르도주 박사가 대답했다, 하지만 시대가 변했기 때문에 오늘날 포르투갈에서 '프랑스 만세'를 읽기 좋아할지 모르겠습니다, 페레이라 박사님, 박사님은 박사님의 새로운 지배적 자아에게 자리를 내주고 있지 않나 싶습니다, 새로운 지배적 자아가 침투하는 듯 보입니다. 무슨 말씀을, 카르도주 박사님, 페레이라가 말했다, 이건 19세기 단편입니다, 지나간 옛날이야기죠. 맞습니다, 카르도주 박사가 말했다, 하지만 그래도 여전히 독일에 대항한 이야기지요, 독일은 우리 같은 나라가 건드려서는 안 되는 존재입니다, 공식 행사에서 모두들 어떻게 인사하는지 보셨습니까, 나치처럼 팔을 뻗어 인사합니다. 그럴지 모르죠, 페레이라가 말했다, 하지만 〈리스보아〉는 독립적인 신문입니다, 그러면서 페레이라는 물었다. 나가도 되겠습니까? 아직 십 분 더 계십시오, 카르도주 박사가 대답했다, 치료에 필요한 시간 동안은 계셔야 합니다, 그런데 실례지만 포르투갈에서 독립적인 신문이라는 게 무슨 의미입니까? 어떤 정치 운동에도 관련되지 않은 신문이라는 뜻입니다, 페레이라가 대답했다. 그럴 수 있겠네요, 카르도주 박사가 말했다, 하지만 친애하는 페레이라 박사님, 그 신문 편집장은 정권 쪽 사람입니다, 온갖 공식 행사에 다 나타나더군요, 팔을 뻗는 폼이 마치 창이라도 던지려는 것 같았습니다. 당신 말이 맞습니다, 페레이라가 인정했다, 하지만 알고 보면 나쁜 사람은 아니에요, 문화면에 관계된 것은 내게 일임했습니다. 그게 편하거든요, 카르도주 박사가 반박했다, 또 사전 검열이란 게 있으니까요, 매일 신문이 나가기 전에 기사는 사전 검열을 받아야 합니다, 신문에 실을 수 없는 문젯거리가 있다면 아마 빈 공간으로 내겠지요, 빈 공간으로 나온 포르투갈 신문들을 본 일이 있습니다, 큰 분노와 슬픔을 안겨줬죠. 이해합니다, 페레이라가 말했다, 저 역시도 그런 신문들을 본 적이 있습니다, 하지만 〈리스보아〉에선 아직 그런 일이 없었습니다. 일어날 수도 있지요, 카르도주 박사가 장난조로 반박했다, 그건 박사님 정신의 연합에서 우위를 차지할 지배적인 자아에 달렸습니다. 그러면서 계속했다. 제가 무슨 말을 하는지 아실 겁니다, 페레이라 박사님, 만약 지금 얼굴을 내밀기 시작한 지배적인 자아를 돕고자 한다면 박사님은 이 나라를 버리고 다른 곳으로 떠나야 합니다, 그래야 박사님 자신과 갈등을 덜하게 되리라 생각합니다, 박사님은 떠나실 수 있습니다, 진지한 직업인이시고 프랑스어도 잘하시죠, 혼자 몸에 아이들도 없습니다, 이 나라에 매일 이유가 뭐 있습니까? 과거 이야기입니다, 페레이라가 대답했다, 과거가 그립군요, 그런데 카르도주 박사님, 당신은 왜 프랑스로 돌아가지 않나요? 프랑스에서 공부하셨고 프랑스 문화를 잘 아시는데요. 생각 중이랍니다, 카르도주 박사가 대답했다, 실제로 프랑스 해수요법 요양원과 접촉하고 있고요, 언젠가 결정을 내릴 수 있겠지요. 이제 탕에서 나가도 될까요? 페레이라가 물었다. 어느새 시간이 이렇게 지났군요, 카르도주 박사가 대답했다, 필요한 시간보다 십오 분 더 해수요법을 했어요, 자 나와서 옷 입으세요, 점심을 같이 하시겠습니까? 기꺼이, 페레이라는 동의했다.

그날 페레이라는 카르도주 박사와 함께 식사를 했다고 주장한다. 박사의 충고대로 삶은 대구를 먹었다. 그들은 문학에 대해, 모파상과 도데에 대해, 위대한 프랑스에 대해 이야기했다. 페레이라는 방으로 돌아와 십오 분 정도 짧은 휴식을 취했고 졸다가 천장에 그려진 차양의 긴 빛 그림자를 보았다. 늦은 오후에 일어난 페레이라는 샤워를 하고 다시 옷을 입고 검은색 넥타이를 맨 후 아내의 사진 앞에 앉았다. 똑똑한 의사를 만났어, 페레이라가 사진에 대고 말했다, 카르도주라는 사람인데 프랑스에서 공부했대, 사람의 정신에 대한 그 사람 이론을 설명해줬어, 아니 프랑스 철학 이론이야, 우리 안에 정신들의 연합체가 있다나봐, 때때로 그 정신들의 연합체를 이끌어가는 지배적인 자아가 있고, 카르도주 박사는 뱀이 허물을 벗듯 내 지배적인 자아가 바뀌고 있고 이 지배적인 자아가 내 인생을 바꿀 거라고 주장해, 이 말이 어디까지가 사실인지는 나도 몰라, 사실 그다지 믿음은 가지 않아, 음, 어쨌든 두고 보자고.

이윽고 페레이라는 테이블에서 도데의 「마지막 수업」을 번역하기 시작했다. 번역에 아주 유용한 라루스 백과사전도 가져왔다. 그러나 한 페이지만 번역했다. 침착하게 꼼꼼히 번역하고 싶기도 했거니와 그 이야기가 그의 친구가 되어주었기 때문이다. 사실 해수요법 요양원에 있는 일주일 내내 도데의 단편을 번역하며 보냈다고, 페레이라는 주장한다.

멋진 일주일이었다. 다이어트와 해수요법을 병행했고 휴식을 취했으며 카르도주 박사와 즐거운 시간을 보냈다. 카르도주 박사와는 늘 흥미롭고 활기찬 대화를 나누었다. 특히 문학에 관해 많이 이야기했다. 일주일이 눈 깜짝할 사이에 지나갔다. 토요일 〈리스보아〉에 발자크의 「오노린」 첫 연재가 실렸고, 카르도주 박사는 페레이라에게 찬사를 아끼지 않았다. 편집장은 그에게 전화하지 않았다. 신문이 순조롭게 잘 굴러간다는 의미였다. 몬테이루 로시도 연락을 해오지 않았고 마르타도 마찬가지였다. 최근 며칠 페레이라는 그들을 거의 생각하지 않았다. 리스본행 기차를 타기 위해 요양원을 떠날 때는 기운이 솟고 몸이 건강해졌으며 4킬로그램이나 빠졌다고 페레이라는 주장한다.

18

리스본으로 다시 돌아왔고 어느새 8월의 아름다운 시간이 지나갔다고 페레이라는 주장한다. 가사도우미 아주머니는 아직 돌아오지 않았고, 세투발에서 온 엽서가 우편함에 들어 있었다. 엽서 내용은 이랬다. "언니가 정맥류 수술을 받아야 해서 9월 중순에나 갈 거예요, 안녕히, 피에다드."

페레이라는 다시 자신의 편안한 아파트로 돌아왔다. 다행히 날씨가 바뀌어 무더위는 사라졌다. 저녁때는 세찬 바닷바람이 불어와 재킷을 입어야 했다. 페레이라는 편집실로 돌아왔지만 새로운 건 없었다. 수위는 이제 그를 봐도 삐죽이지 않았고 아주 친절하게 인사했지만 층계참에서는 여전히 역겨운 튀김 냄새가 떠돌았다. 우편물은 몇 개 없었다. 전기료 고지서가 있어 본사 편집실로 보냈다. 그리고 샤베스에서 온 편지 한 통이 있었다. 보낸 사람은 오십 대의 여자 동화 작가였는데 〈리스보아〉에 글 한 편을 투고했다. 포르투갈과 전혀 상관 없는 요정 이야기였는데, 아일랜드의 어떤 동화에서 베낀 것이 분명했다. 페레이라는 〈리스보아〉는 앵글로색슨 독자가 아니라 포르투갈 독자가 읽는 신문이므로 포르투갈 민속에서 영감을 얻어 이야기를 써보라고 공손히 편지를 썼다. 8월 말쯤 스페인에서 편지 한 통이 도착했다. 몬테이루 로시에게 보내는 편지였다. 주소란에는 몬테이루 로시 씨, 페레이라 박사 댁, 호드리구 다 폰세카 거리 66번지, 리스본, 포르투갈이라고 적혀 있었다. 페레이라는 편지를 열어보려 했다. 그는 몬테이루 로시를 거의 잊고 지냈다, 적어도 그렇게 믿고 있었다. 몬테이루 로시가 〈리스보아〉 문화면 편집실 주소로 편지를 보내게 할 줄은 생각도 못 했다. 잠시 후 페레이라는 편지를 열지 않고 '사망 기사' 서류철에 넣었다. 그날 페레이라는 오르키데아 카페에서 점심을 먹었지만 더는 허브오믈렛을 먹지 않았다. 카르도주 박사가 허브오믈렛을 금했기 때문이었다. 페레이라는 레모네이드도 마시지 않았다. 생선 샐러드와 광천수를 마셨다. 발자크의 「오노린」이 끝까지 연재되었고 독자들로부터 큰 호응을 얻었다. 전보 두 통을 받기까지 했는데 하나는 타비라에서, 다른 하나는 이스트레모스에서 온 전보였다고 페레이라는 주장한다. 전자는 단편이 아주 훌륭하다고 말했고, 후자는 회개는 모든 사람이 생각해야 하는 것이라고 말했다. 두 전보 모두 감사하다는 말로 끝났다. 페레이라는 누군지 모르지만 병 속 메시지를 집었다고 생각하며 알퐁스 도데의 단편을 마지막으로 교정볼 준비를 했다. 오전에는 편집장이 전화해서 본사 편집실에 찬사의 편지가 쏟아졌다고 말하며 발자크의 단편을 칭찬했다. 편집장은 병 속 메시지를 줍지 못하고 자축하고 있는 거라고 페레이라는 생각했다. 결국 그것은 암호화된 메시지였다. 그래서 그 암호를 이해할 수 있는 사람만이 메시지를 받을 수 있었다. 편집장은 메시지를 이해할 수도 받을 수도 없었다. 자 페레이라 박사, 편집장이 물었다, 이제 또 무얼 준비하고 있나요? 도데의 단편 번역을 이제 막 끝냈습니다, 페레이라가 대답했다, 이것도 잘됐으면 좋겠습니다. 『아를르의 여인』은 아니길 바랍니다, 편집장은 몇 개 알고 있는 도데의 작품 중 하나를 자랑스럽게 내비치며 물었다. 그 작품은 별로거든요, 우리 독자들이 좋아할지 모르겠어요. 아닙니다, 페레이라가 대답했다, 『월요 이야기』의 한 단편인데 「마지막 수업」입니다. 편집장님이 알고 계실지 모르겠습니다. 애국심에 관한 이야기지요. 모르는 작품인데요, 편집장이 대답했다, 하지만 애국심에 관한 이야기라면 좋습니다, 우린 요즘 애국심이 좀 필요하거든요. 페레이라는 편집장에게 인사하고 전화를 끊었다. 타자로 친 원고를 정리해서 인쇄실로 가려 할 때 다시 전화벨이 울렸다. 페레이라는 문가에 있었고 이미 재킷을 입었다. 여보세요, 여자 목소리였다. 안녕하세요, 페레이라 박사님, 저 마르타예요, 박사님을 뵀으면 하는데요. 페레이라는 가슴이 덜컹 내려앉는 걸 느끼며 물었다. 마르타, 어떻게 지내요, 몬테이루 로시는 어떻게 지냅니까? 나중에 말씀드릴게요, 페레이라 박사님, 마르타가 말했다, 오늘 저녁 어디서 박사님을 뵐 수 있을까요? 페레이라는 잠시 생각하다가 자신의 집으로 오라고 말하려 했다. 그러다가 집에서 만나는 건 좋지 않으리라고 생각하고 다시 대답했다. 오르키데아 카페에서 여덟시 반에 봅시다. 좋아요, 마르타가 말했다, 전 머리를 잘랐고 금발로 물들였어요, 오르키데아 카페에서 여덟시 반에 봬요, 아무튼 몬테이루 로시는 잘 지내고 있고 제게 당신께 기사 하나를 전해달라고 했어요.

페레이라는 사무실에서 나와 인쇄실로 가는데 불안했다고 주장한다. 편집실로 다시 들어가서 저녁 시간까지 기다릴까 생각했으나 집으로 가 시원하게 목욕이나 하자고 결정했다. 택시를 타고 운전사에게 아파트까지 가는 비탈길을 올라가달라고 했다. 보통 택시들은 운전하기 어렵다는 이유로 그 가파른 오르막길을 오르려 하지 않았다. 지친 페레이라는 팁을 주겠다고 약속해야 했다. 집으로 들어가 먼저 욕조에 시원한 물을 받았다. 그리고 욕조 안으로 들어가 카르도주 박사가 가르쳐준 대로 배를 정성 들여 쓰다듬었다. 목욕을 끝낸 다음 가운을 입고 현관에 있는 아내의 사진 앞으로 갔다. 다시 마르타가 나타났어, 페레이라가 사진에 대고 말했다, 머리를 자르고 금발로 물들인 모양인데 이유를 모르겠어, 나한테 몬테이루 로시의 기사를 가져다주겠대, 몬테이루 로시는 아직도 그 일을 하는 게 분명해, 그 젊은이들이 걱정되는구려, 음, 괜찮을 거야, 일이 어떻게 된 건지 나중에 이야기해줄게.

여덟시 삼십오분에 오르키데아 카페에 들어갔다고 페레이라는 주장한다. 선풍기 근처에 앉은 짧은 금발의 마른 아가씨가 마르타임을 알 수 있었던 단 한 가지 이유는 그녀가 예전의 그 옷을 입고 있었기 때문이다. 그렇지 않았다면 마르타를 알아보기 정말 힘들었을 것이다. 마르타는 다른 사람같이 보였다. 짧은 금발의 바가지 머리와 쉼표 모양의 귀걸이 때문에 마르타는 말괄량이 외국인, 프랑스 여자 같은 인상을 풍겼다. 마르타는 적어도 10킬로그램 정도 살이 빠진 듯했다. 페레이라가 부드럽게 떨어지는 둥근 어깨로 기억했던 마르타의 어깨는 닭날개처럼 앙상한 어깨뼈를 드러냈다. 페레이라는 마르타 앞에 앉으며 말했다. 안녕, 마르타, 무슨 일이 있었나요? 제 모습을 바꾸기로 했어요, 마르타가 대답했다, 어떤 상황에서는 변장이 필요하죠, 다른 사람으로 변장해야 할 필요가 제게 생겼거든요.

이유는 모르겠지만 페레이라는 마르타에게 궁금한 걸 물어봐야겠다는 생각이 들었다. 왜 마르타에게 물어봐야겠다고 생각했는지 페레이라는 알지 못한다. 마르타의 머리가 너무 금발이고 자연스럽지 못해서 그가 알고 있던 마르타의 모습을 찾기 힘들었기 때문일지 모른다. 아니면 마르타가 누군가를 기다리기라도 하듯 혹은 뭔가 두려워하기라도 하듯 주변을 의심스러운 눈길로 슬쩍슬쩍 살폈기 때문일지도 모른다. 하지만 페레이라는 아직도 마르타라고 부르나요? 하고만 물었다. 당신한테는 마르타예요, 맞아요, 마르타가 대답했다, 하지만 전 프랑스 여권을 가졌고 이름은 리즈 들로네예요, 직업은 화가이고 포르투갈에는 수채풍경화를 그리기 위해 왔지만 진짜 목적은 관광이에요.

페레이라는 허브오믈렛과 레모네이드를 주문하고 싶은 마음이 간절했다고 주장한다. 같이 허브오믈렛을 먹는 게 어때요? 마르타에게 물었다. 좋아요, 마르타가 대답했다, 하지만 먼저 드라이 포트와인 한 잔을 마시고 싶어요. 나도요, 페레이라가 말했다. 페레이라는 와인 두 잔을 주문했다. 뭔가 문제가 생겼다는 느낌이 드는군요, 페레이라가 말했다, 당신은 지금 어려운 상황에 있어요, 마르타, 자 어서 말해봐요. 맞아요, 마르타가 대답했다, 하지만 전 어려운 상황을 좋아해요, 어려운 상황도 편하게 즐기죠, 결국 제가 선택한 인생이니까요. 페레이라는 두 팔을 벌렸다. 당신이 좋다면야, 페레이라가 말했다, 그런데 몬테이루 로시, 그도 어려운 상황에 처했을 거라 생각하는데, 왜 나타나지 않나요, 지금 그에게 무슨 일이 일어나고 있죠? 저에 대해서는 이야기할 수 있지만 몬테이루 로시에 대해서는 이야기할 수 없어요, 마르타가 말했다, 저에 관한 일만 대답할게요, 그 사람은 좀 문제가 있어서 박사님 앞에 나타날 수 없어요, 지금은 리스본 밖에 머물면서 알렌테주를 돌아다니고 있죠, 그의 문제가 저보다 커요, 아무튼 그 사람은 돈이 필요해요, 그래서 당신에게 기사를 보냈어요, 추모 기사라고 하더군요, 괜찮으시면 돈은 저한테 주세요, 제가 알아서 그에게 돈을 보낼게요.

그 얘기는 하지 맙시다, 사망 기사든 추모 기사든 마찬가지예요, 지금껏 내 돈으로 몬테이루 로시에게 원고료를 지불해왔어요, 왜 내가 아직도 그를 해고하지 않는지 모르겠습니다, 난 그 청년에게 기자 일을 제의했고 경력을 쌓게 해주겠다고 말했을 뿐입니다, 하고 페레이라는 대답하고 싶었다. 하지만 이런 말은 전혀 하지 않았다. 페레이라는 지갑에서 지폐 두 장을 꺼냈다. 나 대신 그에게 전해주십시오, 페레이라가 말했다, 이제 기사를 주세요. 마르타는 가방에서 종이를 꺼내 그에게 내밀었다. 저, 마르타, 페레이라가 말했다, 비록 난 당신들 문제와 상관없고 알다시피 정치에 관심도 없지만 내 도움이 필요하다면 말해도 됩니다, 아무튼 몬테이루 로시를 만나거든 연락달라고 전해줘요, 내 방법대로 그를 도울 수 있을지 모릅니다. 박사님은 저희 모두에게 큰 도움이 되고 있어요, 페레이라 박사님, 마르타가 말했다, 우린 당신의 도움을 잊지 않을 거예요. 오믈렛을 다 먹고 나자 마르타는 더는 있을 수 없다고 말했다. 페레이라는 마르타에게 인사했고, 마르타는 재빠르게 카페를 빠져나갔다. 페레이라는 카페에 남아 레모네이드 한 잔을 주문했다. 안토니우 신부나 카르도주 박사와 이 모든 일에 대해 이야기하고 싶었지만 안토니우 신부는 분명 자는 중일 테고 카르도주 박사는 파레드에 있었다. 페레이라는 레모네이드를 마시고 계산을 했다. 요새 새로운 소식 없나? 웨이터가 가까이 오자 페레이라가 물었다. 믿을 수 없는 일들, 마누엘이 대답했다, 믿을 수 없는 일들이 벌어지고 있어요, 페레이라 박사님. 페레이라는 웨이터의 팔을 잡았다. 어떤 뜻에서 믿을 수 없는 일이라는 거지? 하고 물었다. 스페인에서 무슨 일이 일어나는지 모르세요? 웨이터가 대답했다. 몰라, 페레이라가 말했다. 훌륭한 한 프랑스 작가가 스페인에서 자행되는 프랑코의 압제를 고발했던 모양이에요, 마누엘이 말했다, 그 일이 바티칸과 마찰을 빚었고요. 그 프랑스 작가 이름이 뭔가? 페레이라가 물었다. 음, 마누엘이 대답했다, 당장은 이름이 기억나지 않는데, 박사님께서 분명 알고 계신 작가인데요, 베르난인가, 베르나데테든가 아무튼 그런 이름이었어요. 베르나노스, 페레이라가 소리쳤다, 베르나노스인가!? 맞아요, 마누엘이 대답했다, 바로 그 이름이었어요. 훌륭한 가톨릭 작가지, 페레이라가 자랑스럽게 말했다, 그가 입장을 정하리라는 걸* 난 알고 있었네, 그는 강한 윤리의식을 가진 작가거든. 페레이라는 아직 포르투갈어로 번역되지 않은『어느 시골 사제의 일기』에서 두 장을 발췌해 번역하고 〈리스보아〉에 실어야겠다는 생각이

들었다.

  페레이라는 마누엘에게 인사하고 팁을 두둑이 남겼다. 안토니우 신부와 이야기하고 싶었지만 그는 그 시간 잠을 자고 있었다. 안토니우 신부는 메르세스 성당의 미사를 거행하기 위해 매일 아침 여섯시에 일어나기 때문이라고, 페레이라는 주장한다.

---

* 가톨릭 신자이며 왕정주의자였던 베르나노스는 내란 초기에는 프랑코파를 옹호했으나, 교회의 이름으로 자행되는 시민에 대한 폭력을 목격하고 입장을 선회하여 파시즘을 비판하는 글을 쓰기 시작했다.

19

다음 날 아침 페레이라는 아주 일찍 일어나 안토니우 신부를 찾아 갔다고 주장한다. 성당 성구(聖具)보관실로 신부를 깜짝 방문했다. 신부는 미사복을 갈아입는 중이었다. 성구보관실은 아주 시원했고 벽에는 종교화와 봉헌물들이 걸려 있었다.

안녕하세요, 안토니우 신부님, 페레이라가 말했다, 저 왔습니다. 페레이라, 안토니우 신부가 우물거렸다, 통 보이지 않더니 어디 틀어박혀 있었나? 파레드에 있었어요, 페레이라가 설명했다, 파레드에서 한 주 보냈습니다. 파레드!? 안토니우 신부가 큰 소리로 말했다, 파레드에서 뭘 했는데? 해초 목욕을 하고 자연치료를 받느라 해수요법 요양원에 있었습니다, 페레이라가 대답했다. 안토니우 신부는 페레이라에게 스톨* 벗는 걸 도와달라고 부탁하며 말했다. 무슨 생각으로 요양원에 다 갔는지 모르겠군. 살이 4킬로그램이나 빠졌습니다, 페레이라가 덧붙였다, 거기서 한 의사를 만났는데 정신에 대한 흥미로운 이론을 설명하더군요. 그 때문에 온 건가? 안토니우 신부가 물었다. 어느 정도는요, 페레이라가 말했다, 하지만 다른 드릴 말씀도 있습니다. 그럼 얘기해보게, 안토니우 신부가 말했다. 그러니까, 페레이라가 말을 시작했다. 심리학자이기도 한 두 프랑스 철학자의 이론인데, 그들은 우리가 하나의 정신을 가지고 있는 게 아니라 정신의 연합체를 가지고 있다고 주장합니다. 하나의 지배적인 자아가 그 정신의 연합을 이끄는데, 이 지배적인 자아는 때때로 바뀌지요, 그리고 우리는 하나의 표준에 도달하지만 그것도 안정된 지점은 아니란 게 그들의 주장입니다. 잘 듣게, 페레이라, 안토니우 신부가 말했다, 나는 프란체스코회 수도사고 단순한 사람이네, 그런데 자네는 이단자가 되어가고 있는 듯해, 인간의 정신은 하나고 나눌 수 없는 거네, 우리에게 그 정신을 주신 분은 바로 하나님이야. 네, 페레이라가 반박했다, 하지만 두 프랑스 철학자가 주장했듯 정신 대신에 인격이라는 말을 사용한다면 더는 이단적이지 않습니다, 저는 우리가 단 하나의 인격을 가진다고 생각하지 않습니다, 우리는 여러 인격을 가지고 있고, 그것들은 지배적인 자아의 주도 아래서 서로 공생하고 있습니다. 교활하고 위험한 이론인 듯한데, 안토니우 신부가 반박했다, 인격은 정신에 달렸네, 정신은 하나고 나눌 수 없는 거야, 자네 이야기에서는 이단의 냄새가 나. 하지만 몇 달 전부터 저 자신이 달라졌음을 느낍니다, 페레이라가 고

---

* 성직자가 의식 때 어깨에 걸치는 긴 띠.

백했다, 지금까지 생각하지 않았던 것들을 생각하게 됐고, 지금까지 한 적이 없는 행동을 합니다. 자네에게 무슨 일이 일어난 모양이군, 안토니우 신부가 말했다. 저는 두 사람을 만났습니다, 페레이라가 말했다, 청춘 남녀이지요, 그들을 만나면서 제가 변한 것 같습니다. 그럴 수 있지, 안토니우 신부가 대답했다, 다른 사람들이 우리에게 영향을 끼칠 수 있네. 그들이 어떻게 제게 영향을 미쳤는지 모르겠습니다, 페레이라가 말했다, 미래가 없는 가난하고 낭만적인 젊은이들입니다, 오히려 제가 그들에게 영향을 끼쳐야 합니다, 제가 그들을 도와주고 있으니까요, 사실 제가 그 청년을 먹여 살리고 있습니다, 제 주머니를 털어 그에게 돈을 주고 수습기자로 고용했습니다, 그런데 청년은 신문에 실을 수 있는 기사를 쓰지 못합니다, 저 안토니우 신부님, 고해하는 게 좋다고 생각하십니까? 자네 육신의 죄를 저질렀나? 안토니우 신부가 물었다. 제가 아는 유일한 육신은 지금 제가 입고 있는 이 살덩이입니다, 페레이라가 대답했다. 그럼 잘 듣게, 페레이라, 안토니우 신부가 결론지었다, 내가 시간 낭비를 하지 않게 해주게, 고해를 들어주자면 집중해야 하는데 난 피곤해지기 싫네, 잠시 후면 내 아픈 신자들을 방문해야 해, 우리는 이런저런 얘길 나누었네, 주로 자네 얘기였지, 하지만 고해가 아니었어, 친구로서 나눈 얘기였지.

안토니우 신부는 성구보관실에 놓인 긴 의자에 앉았고 페레이라는 신부 옆에 앉았다. 안토니우 신부님 제 말 좀 들어보십시오, 페레이라가 말했다, 저는 전능하신 하나님 아버지를 믿습니다, 성체를 받고 십계명을 지키며 죄를 짓지 않으려고 노력합니다, 비록 이따금 일요일 미사에 가지 않지만요, 그건 믿음이 없어서가 아니라 게을러서 그런 겁니다, 저는 제가 신앙심 깊은 가톨릭 신자라고 생각하고 교회의 가르침을 마음에 새기고 살아왔습니다, 그런데 지금 약간 혼란스럽습니다, 전 신문기자 생활을 오래 했지만 세상에서 일어나고 있는 일은 잘 알지 못합니다, 그리고 스페인 내란에 대한 프랑스 가톨릭 작가들의 입장을 놓고 큰 논란이 일어난 것 같아 지금 아주 당황스럽습니다, 안토니우 신부님, 신부님은 상황이 어떻게 돌아가는지 알고 계실 테니 좀 알려주셨으면 합니다, 이단자가 되지 않으려면 제가 어떻게 행동해야 하는지도 알고 싶습니다. 페레이라, 자넨 딴 세상에서 살고 있나, 안토니우 신부가 소리쳤다. 저, 페레이라가 변명하려고 애썼다, 사실 파러드에서 일주일을 보냈고 이번 여름 내내 외국 신문은 사지 않았습니다, 포르투갈 신문에선 많은 정보를 얻을 수 없었고요, 제가 소식을 접하는 유일한 방법은 카페에서 오가는 얘기들을 듣는 것뿐이었습니다.

안토니우 신부는 벌떡 일어나 위협적인 표정으로 그의 앞에 섰다고 페레이라는 주장한다. 들어보게 페레이라, 신부가 말했다, 지금은 위험한 시기네, 각자 자신의 선택을 해야 하지, 나는 종교인이라서 교회 위계질서에 복종해야 하네, 하지만 자네는 가톨릭 신자이긴 해도 개인적인 선택을 할 자유가 있어. 그러니 제게 모든 걸 설명해주십시오, 페레이라가 애원했다, 제 개인적인 선택을 하고 싶지만 상황을 모르기 때문입니다. 안토니우 신부는 코를 킁킁거리고 팔짱을 끼며 물었다. 바스크 성직자들 문제를 알고 있나? 모릅니다, 페레이라가 대답했다. 모든 일은 바스크 성직자들과 함께 시작됐네, 안토니우 신부가 말했다, 게르니카 폭격* 이후 스페인에서 가장 신실한 기독교 신자인 바스크 성직자들이 공화국 편에 섰다네. 안토니우 신부는 감동한 것처럼 코를 킁킁거리며 계속했다. 작년 봄에는 두 유명한 프랑스인 가톨릭 작가 프랑수아 모리아크와 자크 마리탱이 바스크인들을 지지하는 성명서를 발표했지. 모리아크라고요! 페레이라가 소리쳤다, 혹시 몰라 모리아크의 사망 기사를 준비해야 한다고 제가 말했었습니다, 모리아크는 재능 있는 작가지만 몬테이루 로시는 그의 사망 기사를 써주지 못했어요. 몬테이루 로시가 누군가? 안토니우 신부가 물었다. 제가 고용한 수습기자입니다, 페레이라가 대답했다, 하지만 정치적으로 적절한 입장을 취했던 가톨릭 작가들의 사망 기사를 써오지 못했지요. 왜 그 사람에게 사망 기사를 써달라고 했지, 안토니우 신부가 물었다, 불쌍한 모리아크, 그를 조용히 살게 내버려두게, 우린 그가 필요해, 왜 그를 죽이고 싶어 하는 건가? 아, 그 문제라면 그가 죽기를 바라는 게 아닙니다, 페레이라가 말했다, 모리아크가 백 살까지 살기를 바랍니다, 하지만 언제 죽을지 모른다는 사실을 가정하고 적어도 포르투갈에서 제때에 그에 대한 경의를 표하는 신문이 있으면 해서였습니다, 그리고 그 신문이 〈리스보아〉이길 바랐고요, 아무튼 죄송합니다, 안토니우 신부님, 계속하십시오. 좋아, 안토니우 신부가 말했다, 바티칸이 개입하면서 문제가 복잡해졌네, 바티칸은 스페인의 수많은 종교인들이 공화파에 의해 살해되었고 바스크 성직자들은 '빨갱이 기독교인'이기에 파문당해야 마땅하다고 발표했고 또 그렇게 했네, 이 문제에 클로델, 그 유명한 폴 클로델이 가세했어, 그 역시 가

---

* 1937년 독일군이 스페인 바스크 지방의 소도시 게르니카를 무차별 폭격한 사건.

톨릭 작가지, 클로델은 파리의 민족주의 선전요원이 만든 추잡한 선
전 책자 서문에「스페인의 순교자들에게」라는 시를 썼네. 클로델이,
폴 클로델이 말입니까? 페레이라가 말했다. 안토니우 신부는 다시 한
번 코를 쿵쿵댔다. 맞아, 클로델이 그랬네, 신부가 말했다, 자네는 그
것을 어떻게 생각하나, 페레이라? 지금은 잘 모르겠습니다, 페레이라
가 대답했다, 클로델 역시 가톨릭 신자지만 다른 입장을 취했군요, 자
신의 선택을 한 겁니다. 어떻게 지금은 잘 모르겠다고 말할 수 있나,
페레이라, 안토니우 신부가 소리쳤다, 클로델은 빌어먹을 자식이야,
빌어먹을 자식이라고, 성스러운 곳에서 이런 말을 해서 유감이군, 광
장에 나가 큰 소리로 떠들어대고 싶은데 말이야. 그리고요? 페레이라
가 물었다. 그 이후, 안토니우 신부가 계속 말했다. 톨레도의 대주교
인 고마 추기경을 선두로 한 스페인 성직자 고위층이 전 세계 주교들
에게 공개서한을 보내기로 결정했네, 알겠나, 페레이라, 전 세계 주교
에게 말이야, 마치 전 세계 주교가 자신들처럼 파시스트이기라도 하
듯이 말이야, 그자들은 스페인의 수많은 신자들이 종교의 원칙을 구
하고자 스스로 개인적인 책임감을 느끼고 무기를 들었다고 말한다네.
그렇지요, 페레이라가 말했다, 하지만 그들은 스페인의 순교자이고
살해당한 종교인입니다. 안토니우 신부는 잠시 침묵하다가 말했다.
순교자일지 모르지, 아무튼 그들 모두 공화국에 반대하여 음모를 꾸
몄네, 그리고 들어보게, 공화국은 입헌 정부야, 국민들이 투표해서 선
출한 정부지, 그런데 프랑코는 쿠데타를 일으켰네, 그자는 악당이야.
그런데 베르나노스, 베르나노스는 이 모든 일과 무슨 상관입니까? 페
레이라가 물었다, 베르나노스도 가톨릭 작가인데요. 그는 스페인을

진정으로 이해하는 유일한 사람이네, 안토니우 신부가 말했다, 1934년부터 작년까지 스페인에 살았고 프랑코파의 만행에 대한 글을 썼어, 바티칸은 그를 좋아할 수가 없네, 베르나노스는 진짜 증언자이거든. 저, 안토니우 신부님, 페레이라가 말했다, 저는 〈리스보아〉 문화면에 『어느 시골 사제의 일기』 한두 장을 실을 계획입니다, 어떻게 생각하십니까? 멋진 생각인 듯한데, 안토니우 신부가 대답했다, 하지만 그걸 싣게 해줄지 모르겠군, 베르나노스는 이 나라에서 많은 사랑을 받는 작가가 아니네, 그는 비리아투 부대에 대해서, 그러니까 프랑코를 위해 싸우고자 스페인에 간 포르투갈 파견군에 대해 온정적인 글을 쓰지 않았어, 미안하지만 페레이라, 이제 병원에 가봐야 해, 내 아픈 신자들이 날 기다리고 있거든.

페레이라는 일어나 인사를 했다. 안녕히 계십시오, 안토니우 신부님, 페레이라가 말했다, 시간 낭비하게 해드려서 죄송합니다, 다음번엔 고해하러 오겠습니다. 그럴 필요 없어, 안토니우 신부가 대꾸했다, 먼저 죄를 저질렀는지 생각해보고 그다음에 오게, 쓸데없이 내가 시간 낭비하지 않게 해주게.

페레이라는 성당을 나와 임프렌사 나시오날 거리를 힘들게 올라갔다. 상마메드 성당 앞에 도착해서 작은 광장의 벤치에 앉았다. 성당 앞에서 성호를 긋고 다리를 뻗으며 시원한 공기를 조금 들이마셨다. 레모네이드를 한 잔 마시고 싶었고 바로 옆에 카페도 있었다. 하지만 참았다. 그냥 그늘에 앉아 쉬기로 했다. 신발을 벗어 발에 시원한 공기를 조금 쐬었다. 이윽고 편집실로 천천히 걸음을 옮기며 옛 추억을 떠올렸다. 어린 시절, 포보아 드 바르징에서 할아버지 할머니와 함께 보낸 어린 시절, 행복했던 어린 시절 혹은 적어도 행복하다고 믿었던 어린 시절을 생각했다고 페레이라는 주장한다. 그러나 페레이라는 그 어린 시절에 대해 말하고 싶지 않다. 왜냐하면 어린 시절은 이 이야기와 아무 상관 없고 여름은 지나가고 있고 그가 너무나 혼란스러웠던 8월 말의 그 하루와 아무 상관 없다고 생각하기 때문이다.

계단에서 수위를 만났다. 그녀는 친절히 인사하며 말했다. 안녕하세요, 페레이라 박사님, 오늘 아침에는 박사님께 온 우편물도 전화도 없네요. 어째서 전화가 없다는 걸 알았죠, 페레이라가 놀라며 물었다, 편집실에 들어왔었습니까? 아니요, 셀레스트가 의기양양하게 말했다, 오늘 아침 경찰 한 명과 함께 전화국 직원들이 왔었어요, 박사님 전화를 수위실과 연결했어요, 편집실에 아무도 없을 경우 누군가 전화를 받는 게 좋겠다고 말하더군요, 내가 믿을 만한 사람이라고 했어요. 당신은 그들에게는 지나치게 믿을 만한 사람이죠라고 대꾸하고 싶었지만 아무 말 하지 않았다. 페레이라는 이렇게 묻기만 했다. 내가 만일 전화해야 할 경우엔? 전화교환을 통하셔야 해요, 셀레스트가 만족스러운 목소리로 대답했다, 지금 박사님의 전화교환원은 저예요, 저에게 번호를 말씀해주시면 돼요, 그리고 제가 전화 연결을 못할 때가 있다는 걸 염두에 두셔야 해요, 페레이라 박사님, 저는 오전 내내 일하고 4인분 점심식사를 준비해야 해요, 제가 먹여야 할 입이 넷이나 되니까요, 아이들 밥도 먹여야 하고 요구 많은 까다로운 남편도 있다고요, 남편이 경찰서에서 오후 두시에 돌아오면 밥부터 찾거든요, 아주 까다로운 사람이에요. 계단에 떠도는 튀김 냄새에서 알아차렸습니다, 하고 대답하고는 페레이라는 다른 말을 하지 않았다. 편집실로 들어가 전화 수화기를 따로 내려놓고 전날 저녁 마르타가 건네줬던 종이를 주머니에서 꺼냈다. 파란 잉크를 사용해서 손으로 쓴 기사였다. 맨 위에 추모사라고 적혀 있었다. "8년 전 1930년에 모스크바에서 위대한 시인 블라디미르 마야콥스키가 사망했다. 그는 실연을 당하고 권총으로 자살했다. 그는 산림감시원의 아들이었다. 그는 볼셰비키당에 가입하여 젊은 시절을 보낸 후 차르 경찰에 세 번 체포되어 고문을 당했다. 러시아 혁명의 위대한 선전자였던 그는 미래주의자이기도 했다. 러시아의 미래주의자들은 이탈리아 미래주의자들과는 정치적으로 달랐다. 그는 기관차를 타고 전국을 순회하면서 마을 곳곳에서 자신의 혁명시를 읊었다. 그는 민중들의 열정을 일깨웠다. 그는 예술가이자 화가, 시인이자 연극인이었다. 그의 작품은 아직 포르투갈어로 번역되지 않았지만 리스본 오루 거리의 서점에서 프랑스어판으로 구입할 수 있다. 그는 위대한 영화감독 예이젠시테인의 친구였고, 그와 함께 여러 편의 영화를 만들었다. 그는 우리에게 수많은 산문, 시, 희곡 작품을 남겼다. 우리 여기에서 위대한 민주주의자이며 차르에 대항했던 영웅을 찬양하자."

페레이라는 날씨가 덥지 않았음에도 목덜미를 타고 흐르는 땀을 느꼈다. 너무나 어리석은 기사였기에 당장 그 기사를 휴지통에 버리고 싶었다. 하지만 '사망 기사' 서류철을 열어 그 안에 집어넣었다. 재킷을 입으며 퇴근 시간이라고 생각했다고 페레이라는 주장한다.

20

그 주 토요일 〈리스보아〉에 알퐁스 도데의 「마지막 수업」을 번역한 글이 실렸다. 검열에서는 그 번역을 조용히 통과시켜주었다. 페레이라는 결국 '프랑스 만세'라는 말을 쓸 수 있을 것이고 카르도주 박사의 말은 틀릴 거라 생각했다고 주장한다. 이번에도 페레이라는 번역에 서명을 넣지 않았다. 단편 번역에 문화면 기자가 서명을 넣는 그림이 좋아 보이지 않았기 때문이라고 페레이라는 주장한다. 서명을 넣게 되면 문화면을 기자 혼자 도맡아 진행한다는 사실을 독자들이 알게 될 테고 이것이 페레이라는 싫었다. 자존심 문제였다고 페레이라는 주장한다.

페레이라는 아주 흐뭇한 마음으로 단편을 읽었다. 오전 열시였고, 일요일이었다. 그는 아주 일찍 일어났기 때문에 이미 편집실에 나와 베르나노스의 『어느 시골 사제의 일기』 첫 장을 번역하기 시작했고 활력 넘치게 일하고 있었다. 그때 전화벨이 울렸다. 페레이라는 보통 불통이 되게 수화기를 내려놓았다. 전화가 수위실과 연결된 이후 수위를 통해 전화를 연결받기가 싫었기 때문이다. 하지만 그날 아침에는 수화기를 내려놓는 걸 잊어버렸다. 여보세요, 페레이라 박사님, 셀레스트의 목소리였다, 박사님께 전화가 왔어요, 파레드 해수요법 요양원에서 박사님을 찾아요. 해수요법 요양원이라고요, 페레이라가 말했다. 그렇게 말했어요, 셀레스트의 목소리가 말했다, 전화를 받으실래요, 아니면 안 계시다고 말씀드릴까요? 바꿔주십시오, 페레이라가 말했다. 전화교환기의 딸깍하는 소리가 들리더니 목소리가 들렸다. 여보세요, 저는 카르도주 박사입니다, 페레이라 박사님과 통화하고 싶은데요. 접니다, 페레이라가 대답했다, 안녕하세요 카르도주 박사님, 목소리를 들으니 기쁘군요. 제가 더 기쁩니다, 카르도주 박사가 말했다, 어떻게 지내십니까, 페레이라 박사님, 제가 알려드린 다이어트 방법은 잘 따라가고 계십니까? 최선을 다하고 있습니다, 페레이라가 말했다, 최선을 다하고는 있지만 쉽지가 않네요. 저, 페레이라 박사님, 카르도주 박사가 말했다, 전 리스본행 기차를 타려고 합니다, 어제 도데의 단편을 읽었습니다, 정말 좋은 작품이더군요, 작품에 대해 박사님과 얘기하고 싶은데 점심시간에 뵐 수 있을까요? 오르키데아 카페 아십니까? 페레이라가 물었다, 알레샨드르 에르쿨라누 거리에 있습니다, 유대식 정육점 옆이지요. 네, 압니다, 카르도주 박사가 말했다, 몇 시에 뵐까요, 페레이라 박사님? 괜찮다면 오후 한시에 보죠, 페레이라가 말했다. 좋습니다, 카르도주 박사가 대답했다, 오후

한시에 볼 겠습니다. 셀레스트가 통화 내용을 모두 들었다고 페레이라는 확신했다. 하지만 상관없었다. 걱정되는 얘기는 전혀 하지 않았다. 페레이라는 베르나노스의 소설 첫 장을 계속 번역했고, 이번에는 수화기를 내려놓았다고 주장한다. 한시 십오분 전까지 일하다가 재킷을 입고 주머니에 넣어뒀던 넥타이를 매고는 사무실에서 나왔다.

오르키데아 카페에 도착했지만 카르도주 박사는 아직 오지 않았다. 페레이라는 선풍기 근처 테이블을 부탁했고 그곳에 자리를 잡았다. 목이 말랐고, 입맛도 돋울 겸 레모네이드를 주문했지만 설탕은 뺐다. 웨이터가 레모네이드를 가지고 오자 페레이라는 그에게 물었다. 무슨 새로운 소식 있나, 마누엘? 대치 상황이에요, 웨이터가 대답했다. 지금은 스페인이 교착 상태인 것 같아요, 민족주의자들이 북부를 점령했지만 공화파가 중부를 차지했거든요, 제15국제여단이 사라고사에서 용감하게 싸웠던가봐요, 중부는 공화파 손안에 들어간 거고 프랑코를 지원하는 이탈리아군은 지지부진하게 싸우고 있는 거죠. 페레이라는 웃으며 물었다. 자네는 누구 편인가, 마누엘? 때에 따라 이쪽저쪽 바뀌죠, 웨이터가 대답했다, 양쪽 다 강하거든요, 하지만 공화파와 맞서 싸우러 간 우리 비리아투 부대원 얘기는 마음에 들지 않아요, 결국 우리도 공화제니까요, 우린 1910년에 왕을 쫓아냈죠, 그런데 공화제에 대항해 싸우는 이유가 뭔지 모르겠어요. 맞는 말이네, 페레이라가 수긍했다.

그 순간 카르도주 박사가 들어왔다. 페레이라는 카르도주 박사가 흰색 가운을 입은 모습만을 봐왔다. 그런데 다른 사람들처럼 평범하게 입은 박사의 모습을 보니 더욱 젊어 보였다고 페레이라는 주장한다. 카르도주 박사는 줄무늬 와이셔츠와 밝은색 재킷을 입었는데 다소 더운 듯했다. 카르도주 박사가 미소 지었고 페레이라도 미소로 답했다. 서로 악수를 하고 나서 카르도주 박사가 자리에 앉았다. 굉장하더군요, 페레이라 박사님, 카르도주 박사가 말했다, 굉장해요, 정말 멋진 소설입니다, 도데가 그런 힘을 가졌으리라고는 생각지 못했습니다, 찬사를 보내기 위해 왔답니다, 한데 유감스럽게도 번역에 서명을 넣지 않으셨더군요, 단편 아래 빈 공간에서 박사님 이름을 보고 싶었거든요. 페레이라는 창피해서, 아니 자존심 때문에 서명을 넣지 않았다고 찬찬히 설명했다. 그 문화면을 기자인 자신이 도맡아 만든다는 사실을 독자들에게 알리고 싶지 않았고, 다른 신문들이 으레 그렇듯 여러 기고자가 있다는 인상을 주고 싶었다고, 결국 〈리스보아〉를 위해 그렇게 했다고 설명했다.

그들은 생선 샐러드 두 개를 주문했다. 페레이라는 허브오믈렛을 먹고 싶었지만 카르도주 박사 앞에서 그걸 주문할 용기가 나지 않았다. 박사님의 새로운 지배적 자아가 점수를 좀 땄을 겁니다, 카르도주 박사가 중얼거렸다. 무슨 뜻인가요? 페레이라가 물었다. 박사님이 프랑스 만세라고 쓰셨으니까요, 카르도주 박사가 말했다, 비록 프랑스 작가가 외친 말이었다 해도요. 저도 그 사실이 기뻤습니다, 페레이라가 인정했다, 그리고 모든 사실을 알고 있는 척하면서 말을 이었다. 제15국제여단이 스페인 중부에서 잘 싸우고 있다는 소식 들으셨습니까? 사라고사에서 영웅적으로 행동한 듯하더군요. 너무 환상을 갖지 마십시오, 페레이라 박사님, 카르도주 박사가 반박했다, 무솔리니가 프랑코에게 많은 잠수함을 보냈고 독일군은 전투기를 보내 프랑코를 돕고 있습니다, 공화파에게는 그런 것들이 없지요. 하지만 그들에겐 소비에트군과 국제여단, 공화파를 지원하기 위해 스페인으로 물밀듯 들어간 여러 나라 의용군들이 있습니다, 페레이라가 반박했다. 저는 지나친 환상은 품지 않습니다, 카르도주 박사가 되풀이해 말했다, 생 말로 요양원과 얘기가 끝났다고 말씀드리고 싶었습니다, 보름 후에 떠날 생각입니다. 날 떠나지 마십시오, 카르도주 박사, 제발 날 떠나지 말아주세요, 하고 페레이라는 말하고 싶었다. 하지만 대신, 우리를 떠나지 마십시오, 카르도주 박사, 우리나라 사람들을 떠나지 마십시오, 이 나라는 당신 같은 사람들이 필요합니다, 하고 말하고 말았다. 불행히도 진실은 이 나라는 저 같은 사람을 필요로 하지 않는다는 겁니다, 카르도주 박사가 대답했다, 저도 더는 이 나라가 필요 없습니다, 엄청난 불행이 닥치기 전에 프랑스로 떠나는 것이 좋겠다는 생각입니다. 엄청난 불행이라니, 어떤 엄청난 일입니까? 페레이라가 물었다. 모르겠습니다, 카르도주 박사가 대답했다, 엄청난 불행, 이 나라를 휩쓸 엄청난 불행이 시작되리라 짐작하고 있습니다, 하지만 당신을 불안하게 만들고 싶진 않습니다, 페레이라 박사님, 아마 박사님은 당신의 새로운 지배적 자아를 만들어가는 중이라 마음의 평정이 필요하실 겁니다, 하지만 전 떠납니다, 그런데 그 젊은이들은 어떻게 지내나요? 박사님이 만나셨다던 신문사 일을 도와주는 젊은이들 말입니다. 저를 돕는 건 한 사람입니다, 페레이라가 대답했다, 하지만 아직도 신문에 실을 만한 기사를 못 쓰고 있지요, 어제 볼셰비키 혁명을 기념하면서 마야콥스키에 대한 기사를 하나 보내왔더군요, 기사를 실을 수도 없는데 내가 왜 그 청년한테 계속 돈을 주는지 모르겠습니다,

아마 그가 곤란한 상황에 처했기 때문일 테죠, 몬테이루 로시는 지금 곤란한 상황에 있는 게 확실합니다, 그의 여자 친구도 어려운 상황에 있습니다, 나는 그들이 도움을 청할 수 있는 유일한 사람이죠. 박사님은 그 청년들에게 도움을 주고 계십니다, 카르도주 박사가 말했다, 하지만 박사님이 실제로 도와주고 싶다고 생각하는 것만큼은 도와주지 못하고 계시지요, 아마 박사님의 새로운 지배적 자아가 표면에 나타나게 되면 더 많은 일을 하실 겁니다, 페레이라 박사님, 제가 너무 솔직했다면 용서하십시오. 들어보세요, 카르도주 박사님, 페레이라가 말했다, 난 사망 기사와 추모사를 미리 써두려고 청년을 고용했습니다, 그런데 그는 내게 혁명 운운하는 정신 나간 기사들만 보내왔습니다, 우리가 어떤 나라에서 살고 있는지 모르는 것처럼 말입니다, 난 주머니를 털어 청년에게 돈을 주었습니다, 신문사에 부담을 주지 않기 위해서였고 편집장이 끼어들지 않는 편이 좋을 것 같아서였습니다, 난 그 청년을 보호했고 그의 사촌도 숨겨줬습니다, 국제여단에서 싸우는 그의 사촌이 불쌍해보였습니다, 지금도 난 몬테이루 로시에게 돈을 보내고 있고 그는 알렌테주를 돌아다니고 있지요, 내가 이 이상 무엇을 할 수 있겠습니까? 그를 만나러 갈 수 있지 않을까요, 카르도주 박사가 담담하게 대답했다. 그를 만나러 가라고요, 페레이라가 소리쳤다, 비밀리에 여기저기 거처를 옮겨 다니는데 그를 따라 알렌테주로 가라고요, 어디 있는지도 모르는데 그를 찾아가라는 겁니까? 청년의 여자 친구는 알고 있을 겁니다, 카르도주 박사가 말했다, 여자 친구는 알고 있지만 박사님을 완전히 믿지 못하기 때문에 말하지 않은 거라고 생각합니다, 페레이라 박사님, 하지만 박사님은 그녀가 믿고 경계를 풀도록 만들 수 있습니다, 박사님은 강한 초자아(超自我)*를 가지고 계십니다. 페레이라 박사님, 이 초자아가 새로운 지배적 자아와 싸우고 있습니다, 정신 속에서 요동치는 이 전쟁에서 자기 자신과 싸우크 있습니다, 박사님은 초자아를 버리셔야 합니다, 산산조각 나게 될 자신의 운명을 초자아가 받아들이도록 내버려둬야 합니다. 그럼 내게 무엇이 남습니까? 페레이라가 물었다, 내 기억들, 내 지난 삶, 코임브라 시절과 아내와의 추억, 큰 신문사에서 기자 생활을 하며 보낸 삶, 이 모든 것이 지금의 나를 만들었는데 그럼 내게 무엇이 남는단 말입니까? 애도를 하는 겁니다, 카르도주 박사가 말했다, 프로이트의 표현입니다, 죄송합니다, 저는 제설혼합주의자라서 여기서 조금 저기서 조금 이론을 낚아 씁니다, 박사님은 애도하실 필요가 있습니다, 당신의 지난 삶에 작별을 고하셔야 합니다, 그리고 현재를 살아야 합니다, 페레이라 박사님, 사람은 박사님처럼 과거만 생각하며 살아서는 안 됩니다. 그럼 내 기억과 내가 살아온 삶은요? 페레이라가 물었다. 추억일 뿐입니다, 카르도주 박사가 대답했다, 추억이 박사님의 현재를 그렇게 강력하게 침범해서는 안 됩니다, 박사님은 과거를 바라보며 살고 있습니다, 삼십 년 전 코임브라에 있고 아내가 아직 살아 있는 것처럼 현재를 살고 있습니다, 이렇게 가다간 기억을 물신숭배하게 될 겁니다, 아마 아내 분 사진과도 얘기하게 되실 겁니다. 페레이라는 냅킨으로 입을 닦고 목소리를 낮춰 말했다, 이미 그러고 있는데요, 카르도주 박사님. 카르도주 박사가 빙그레 웃었다. 요양원 방

____

* 정신분석학에서 본능을 통제하고 사회가치와 도덕에 따라 행동하게 하는 인격.

에서 부인의 사진을 보고 생각했습니다, 이 사람은 자기 아내 사진과 정신적으로 대화하고 있고 아직 애도를 못했구나 하고요, 정말 그렇게 생각했습니다, 페레이라 박사님. 사실 아내 사진과 정신적으로만 얘길 나누는 것도 아닙니다, 페레이라가 덧붙였다, 소리 내어 말합니다, 일상을 모두 얘기하죠, 아내 사진이 내게 대답하는 것만 같습니다. 초자아가 들려주는 환상이지요, 카르도주 박사가 말했다, 박사님은 이런 이야기를 누군가와 하셔야 합니다. 하지만 대화를 나눌 사람이 없어요, 페레이라가 솔직히 말했다, 난 혼자입니다, 코임브라 대학 교수인 친구가 있긴 합니다, 부사쿠 온천으로 그 친구를 만나러 갔었는데 참지 못하고 다음 날 돌아왔지요, 대학교수들은 정치적 상황에 우호적인데 친구도 예외가 아니었습니다, 그리고 신문사 편집장이 있지만 그는 창던지기하듯 팔을 뻗는 공식 행사에는 모두 참석합니다, 편집장과 얘기한다는 건 말도 안 되지요, 그리고 편집실 건물의 여자 수위 셀레스트가 있습니다, 경찰 끄나풀이에요, 지금은 전화교환원 역할까지 합니다, 그리고 몬테이루 로시가 있지만 그는 도망 다니고 있습니다. 몬테이루 로시라는 사람이 박사님께서 만났다는 청년인가요? 카르도주 박사가 물었다. 수습기자죠, 페레이라가 대답했다, 그 청년은 신문에 실을 수 없는 기사들만 써주고 있습니다. 아까 말씀드렸듯이 그를 찾아가십시오, 카르도주 박사가 대꾸했다, 그 청년을 찾으세요, 페레이라 박사님, 그는 젊은 미래입니다, 박사님은 젊은 사람과 교제할 필요가 있습니다, 비록 신문에 실을 수 없는 기사를 쓴다 해도 말입니다, 과거와 교제하는 일은 이제 그만두십시오, 미래와 교제하도록 노력하세요. 멋진 표현이군요, 페레이라가 말했다, 미래와

교제한다, 참 멋진 표현이네요, 왜 지금까지 내 머리에서는 그런 표현
이 떠오르지 않았는지 모르겠습니다. 페레이라는 설탕을 뺀 레모네이
드를 한 잔 더 주문하고 나서 계속했다. 그리고 당신이 있습니다, 카
르도주 박사, 난 당신과 이야기하는 것이 좋습니다, 앞으로도 계속 당
신과 얘기하고 싶어요, 한데 당신은 우리 곁을 떠나려 합니다, 나에게
서 떠나려 하는군요, 나를 고독 속에 남겨두고 말입니다, 당신도 잘
알다시피 난 아내 사진 외엔 아무도 없습니다. 카르도주 박사는 마누
엘이 가져다준 커피를 마셨다. 생말로로 절 찾아오시면 이야기를 나
눌 수 있겠지요, 페레이라 박사님, 카르도주 박사가 말했다, 이 나라
가 박사님에게 좋은 곳이라고는 말하지 못하겠습니다, 그리고 박사님
은 너무 많은 기억을 갖고 계시네요, 초자아를 강물에 던져버리고 새
로운 지태적 자아에게 자리를 내주십시오, 아마 우린 다시 만날 겁니
다, 그리고 그때의 박사님은 다른 사람이 되어 있을 겁니다.

카르도주 박사가 점심값을 내겠다고 고집을 피웠고 페레이라는 흔
쾌히 받아들였다고 주장한다. 왜냐하면 전날 저녁 마르타에게 지폐
두 장을 건네줘서 지갑이 비어 있었기 때문이다. 카르도주 박사는 일
어나 인사했다. 또 뵙겠습니다, 페레이라 박사님, 카르도주 박사가 말
했다, 프랑스나 더 넓은 세상에서 박사님을 다시 뵙게 되길 바랍니다,
부탁드립니다, 당신의 새로운 지배적 자아에게 자리를 내주십시오,
그렇게 되도록 내버려두세요, 새로운 지배적 자아가 태어나야 하고
자기주장을 해야 할 필요가 있습니다.

페레이라도 일어나 인사했다. 카르도주 박사가 떠나는 모습을 지켜
보며 벌써 그리움을 느꼈다. 마치 그 이별이 치유될 수 없을 것 같았

다. 파레드의 해수요법 요양원에서 보낸 일주일이 떠올랐다. 카르도
주 박사와 나눈 대화와 자신의 고독을 생각했다. 카르도주 박사가 카
페에서 나가 길로 사라졌을 때 페레이라는 외로움을 느꼈다, 정말 외
로웠다. 그리고 정말 외로울 때야말로 정신의 집단을 장악하려는 지
배적 자아를 통해 자신을 알아갈 때라고 생각했다. 하지만 그렇게 생
각해도 마음이 안정되지 않고 그리움만 더 커졌다. 구체적으로 말할
수는 없지만 지나간 삶과 미래의 삶에 대한 사무치는 그리움이었다
고, 페레이라는 주장한다.

21

다음 날 아침 전화벨 소리에 잠을 깼다고 페레이라는 주장한다. 하지만 아직 꿈속에 잠겨 있었다. 밤새 꿈을 꾼 듯했는데, 아주 길고 행복한 꿈이었다. 하지만 이 이야기와는 전혀 상관없기 때문에 페레이라는 꿈의 내용을 밝히지 않는 게 좋겠다고 생각한다.

페레이라는 편집장의 비서 필리파 양의 목소리를 금방 알아들었다. 안녕하세요 페레이라 박사님, 필리파가 부드럽게 말했다, 편집장님 바꿔드릴게요. 페레이라는 잠을 깨고 침대 가장자리에 앉았다. 안녕하십니까- 페레이라 박사, 편집장이 말했다, 편집장입니다. 안녕하세요 편집장님, 페레이라가 대답했다, 휴가는 잘 다녀오셨습니까? 아주 잘 다녀왔지요, 편집장이 말했다, 아주 좋았어요, 부사쿠 온천은 정말 멋진 곳이더군요, 아, 근데 이 얘긴 벌써 했던 것 같은데요, 지난번에

애기하지 않았습니까. 아, 네, 그랬지요, 페레이라가 말했다, 발자크 단편에 대해 말씀드릴 때 이미 애기했었지요, 죄송합니다만 제가 지금 일어나서 정신이 맑지 않습니다. 누구나 정신이 맑지 않을 때가 있긴 하죠, 편집장이 다소 퉁명스럽게 말했다, 페레이라 박사, 당신도 그럴 수 있다고 생각합니다. 사실 아침에는 특히 더 그렇습니다, 페레이라가 대답했다, 혈압이 오르락내리락해서요. 소금을 좀 써서 혈압을 안정시켜보세요, 편집장이 조언했다, 혀 아래에 소금을 조금 넣어두는 거죠, 그러면 혈압이 안정될 겁니다, 그나저나 내가 박사한테 혈압 애기나 하자고 전화한 건 아닙니다, 페레이라 박사, 사실 당신은 본사 편집실에 전혀 모습을 보이지 않고 있어요, 이게 문제입니다, 호드리구 다 폰세카 거리의 사무실에만 틀어박혀 있고 통 나를 찾아와 이야기하지 않는군요, 계획을 보고도 않고 마음대로 모든 걸 처리하고 있습니다. 사실 그렇습니다, 편집장님, 페레이라가 말했다, 죄송합니다, 하지만 편집장님께서 제게 재량권을 주셨지요, 문화면을 맡기겠다고 하시면서 제 마음대로 해보라고 하셨습니다. 당신 생각대로 하는 건 좋아요, 편집장이 계속 말했다, 하지만 가끔은 나와 상의해야 한다고 생각하지 않습니까? 저도 그게 좋습니다, 페레이라가 말했다, 사실 저 혼자서 문화면을 도맡아 하고 있으니까요, 그리고 편집장님은 문화면에 대해 신경 쓰고 싶지 않다고 제게 말씀하셨지요. 그런데 당신이 뽑은 수습기자는요, 편집장이 물었다, 수습기자를 고용했다고 하지 않았나요? 네, 페레이라가 대답했다, 하지만 그 사람이 쓴 기사는 지금으로선 어설프고, 흥미 있는 문인은 아직 누구도 사망하지 않았습니다, 젊은 청년이라 휴가를 보내달라고 하더군요, 해수욕을 가겠다나요, 거의 한 달째 모습을 못 봤습니다. 그 사람 해고하십시오, 페레이라 박사, 편집장이 말했다, 기사도 쓸 줄 모르고 휴가나 가겠다고 하는 수습기자를 뭐에 씁니까? 좀더 기회를 줘야 합니다, 페레이라가 반박했다, 결국 일을 더 배워야 하지요, 경험이 없는 것뿐입니다, 밑바닥부터 배워나가야 합니다. 그 대화의 순간에 필리파 양의 달콤한 목소리가 끼어들었다. 말씀 중에 죄송합니다 편집장님, 정부 부처에서 편집장님을 찾는 전화가 왔습니다, 급한 일인 것 같은데요. 알겠어요, 페레이라 박사, 편집장이 말했다, 이십 분 후에 다시 전화하죠, 그러니 잠을 깨고 혀 아래에 소금을 조금 넣고 녹이고 있으세요. 괜찮으시다면 제가 전화드리겠습니다, 페레이라가 말했다. 아니에요, 편집장이 말했다, 내가 편한 대로 하겠습니다, 통화가 끝나면 전화하지요, 나중에 봅시다.

페레이라는 일어나 급히 목욕을 하러 갔다. 커피를 준비하고 짭짤한 비스킷을 먹었다. 이윽고 옷을 입고 현관으로 갔다. 편집장이 전화했어, 페레이라가 아내의 사진에 대고 말했다, 말을 빙빙 돌리면서 아직 본론은 꺼내지도 않았어, 편집장이 나한테 뭘 원하는지 모르겠지만 이제 분명 하고 싶은 얘기를 할 거야, 당신 생각은 어때? 아내의 사진이 그에게 먼 옛날의 미소를 지어 보이자 페레이라가 결론을 내렸다. 음, 괜찮아, 편집장이 뭘 원하는지 들어보자고, 적어도 신문과 관련해서 질책받을 만한 일은 안 했으니까, 19세기 프랑스 단편들을 번역한 것밖에 없어.

페레이라는 거실 테이블에 앉아 릴케의 추모사를 써야겠다고 생각했다. 하지만 막상 시작하려 하니 릴케에 대해 쓰고 싶지 않았다. 상류사회에 드나들던 속물근성의 너무 우아한 그 남자는 지옥으로 갔을 거라고 페레이라는 생각했다. 페레이라는 베르나노스의 소설에서 몇 문장을 번역하기 시작했다. 생각보다 더 복잡했다. 적어도 첫 부분은 그랬다. 페레이라는 첫 장을 번역 중이었고 아직 본격적인 이야기 속으로 들어가지 못했다. 그때 전화벨이 울렸다. 다시 인사드려요, 페레이라 박사님, 필리파 양의 달콤한 목소리가 말했다, 편집장님을 바꿔드릴게요. 몇 초를 기다리자 편집장의 무겁고 침착한 목소리가 말했다. 아, 페레이라 박사, 어디까지 얘기했죠? 제가 호드리구 다 폰세카 거리의 편집실에 틀어박혀 있다는 데까지 말씀하셨습니다, 페레이라가 말했다, 하지만 그곳은 제가 문화면을 만들고 일하는 사무실입니다, 본사 편집실에서 전 무엇을 해야 할지 모르겠습니다, 전 다른 기자들을 모릅니다, 오랫동안 다른 신문사에서 보도 기사를 썼습니다만 편집장님은 제게 보도 기사가 아니라 문화면을 맡겼습니다, 정치부 기자들하고는 교유가 없어서 제가 본사 편집실에서 무엇을 할 수 있을지 모르겠습니다. 불만을 토로하는 겁니까, 페레이라 박사? 편집장이 말했다. 죄송합니다, 편집장님, 페레이라가 말했다, 불만을 털어놓으려던 게 아닙니다, 다만 제 생각을 말씀드렸을 뿐입니다. 알겠습니다, 편집장이 말했다, 하지만 지금은 박사에게 간단히 한 가지만 묻죠, 왜 당신은 상사와 이야기할 필요를 못 느끼는 겁니까? 편집장님께서 문화면에는 관심이 없다고 말씀하셨으니까요, 편집장님, 페레이라가 대답했다. 이보시오, 페레이라 박사, 편집장이 말했다, 당신 귀가 어두운 건지 아니면 내 말을 듣고 싶지 않은 건지 잘 모르겠습니다, 사실 지금도 내가 박사한테 전화하고 있지 않습니까, 알겠어요?

가끔이라도 대화를 나누자고 해야 할 사람은 내가 아니라 당신일 겁니다, 그런데 박사가 이해하지 못하는 것 같아서 내가 지금 전화를 걸어 대화를 요청하고 있잖습니까. 편집장님 뜻대로 하십시오, 페레이라가 말했다, 전 편집장님 말씀에 따르겠습니다. 좋아요, 편집장이 결론을 지었다, 오후 다섯시에 본사로 오십시오, 그때 봅시다, 좋은 하루 보내시오, 페레이라 박사.

페레이라는 자신이 땀을 삐질삐질 흘리고 있다는 걸 알아차렸다. 겨드랑이 부분이 흠뻑 젖은 와이셔츠를 갈아입고 편집실에 가서 오후 다섯시가 되길 기다릴까 생각했다. 하지만 편집실에 가도 할 일이 별로 없고, 셀레스트를 보면 수화기를 내려놓아야 할 테니, 집에 남아 있는 편이 낫겠다는 생각이 들었다. 페레이라는 거실 테이블로 돌아가 베르나노스의 소설을 번역하기 시작했다. 분명 복잡하고 전개가 느린 소설이었다. 첫 장을 읽으면서 〈리스보아〉의 독자들이 과연 어떻게 받아들일까 궁금했다. 그럼에도 페레이라는 꿋꿋이 계속하여 두 페이지를 번역했다. 점심시간에 뭘 좀 해 먹을까 생각했지만 음식 재료가 하나도 없었다. 비록 점심시간에는 늦었지만 오르키데아 카페에 가서 식사를 하고 본사에 들어갈 수 있지 않을까 생각했다고 페레이라는 주장한다. 밝은색 양복에 검은색 넥타이를 매고 집을 나섰다. 테레이루 두 파수까지 전차를 타고 그곳에서 알레산드르 에르쿨라누 거리로 가는 전차로 갈아탔다. 오르키데아 카페에 들어섰을 때는 세시가 다 되어 있었고, 웨이터가 테이블을 치우는 중이었다. 어서 오세요 페레이라 박사님, 마누엘이 친절하게 말했다, 박사님을 위한 식사는 늘 준비되어 있답니다, 아직 점심식사 안 하셨죠, 기자 생활은 참 힘들군요. 그래, 페레이라가 대답했다, 이 나라가 어떻게 돌아가는지 전혀 모르는 신문기자들에겐 특히 더 그렇지, 무슨 새로운 소식 있나? 영국 배 몇 척이 바르셀로나 외양에서 격침됐고 프랑스 여객선은 다르다넬스 해협까지 추격을 당했나본데, 분명 이탈리아 잠수함 짓이에요, 마누엘이 대답했다, 잠수함을 가진 게 이탈리아군이고, 잠수함 공격은 이탈리아군 특기거든요. 페레이라는 설탕을 뺀 레모네이드와 허브오믈렛을 주문했다. 선풍기 옆자리에 앉았지만 그날은 선풍기가 꺼져 있었다. 선풍기를 껐어요, 마누엘이 말했다, 이제 여름은 끝났으니까요, 어젯밤 폭풍우 소리 들으셨어요? 듣지 못했다네, 페레이라가 대답했다, 자는 내내 꿈만 꿨어, 한데 나는 아직 더운데. 마누엘은 페레이라 옆에 있는 선풍기를 켰고 곧 레모네이드를 가져다주었다. 와인은요, 페레이라 박사님, 언제쯤 박사님께 와인을 드리는 기쁨을 누리게 될까요? 마누엘은 페레이라에게 신문도 가져다주었다. 머리기사는 이랬다. ‘카르카벨루스 해변의 모래조각들. 민족선전비서국이 군소 작가들의 전시회를 열다.’ 신문 반쪽에 걸쳐 커다랗게 실린 사진 속에는 해변에 전시된 젊은 예술가들의 작품이 있었다. 인어, 보트, 범선, 고래. 페레이라는 신문을 넘겼다. ‘스페인에서 포르투갈 의용군의 용감한 저항’이라는 기사가 있었다. 부제는 ‘포르투갈 군인들이 멀리서 이탈리아 잠수함의 도움을 받으며 또 다른 전투에서 두각을 드러내다’였다. 페레이라는 기사를 읽고 싶지 않아서 신문을 의자 위에 놓았다. 오믈렛을 다 먹고 나서 설탕을 뺀 레모네이드를 한 잔 더 마셨다. 이윽고 계산을 하고 일어나 벗어두었던 재킷을 입고 〈리스보아〉 본사 편집실로 걸어갔다. 본사에 도착했을 때 시간이 다섯시 십오분 전이었다. 페레이라는 카페에 들어가 브랜디를 주문했다고 주장한다. 브랜디는 분명 심장에 좋지 않지만 괜찮아 하고 생각했다. 이윽고 페레이라는 〈리스보아〉 본사 편집실이 있는 낡은 건물의 가파른 계단을 올라가 필리파 양에게 인사했다. 오셨다고 알려드릴게요, 필리파 양이 말했다. 괜찮아요, 페레이라가 대답했다, 바로 들어가겠습니다, 지금은 정각 다섯시고 편집장님과 다섯시에 약속이 되어 있거든요. 문을 노크하자 들어오라는 편집장의 목소리가 들렸다. 페레이라는 재킷 단추를 여미고 들어갔다. 온천 공원에서 일광욕을 했는지 편집장은 까무잡잡하게 타 있었다. 저 왔습니다, 편집장님, 페레이라가 말했다, 무슨 말씀이든 얘기든 들을 준비가 됐으니 말씀하십시오. 금방 끝날 겁니다, 페레이라, 편집장이 말했다, 우린 한 달 이상 보지 못했지요. 온천에서 만났습니다만, 페레이라가 말했다, 그때 편집장님께서 제 기사를 마음에 들어 하셨지요. 휴가는 휴가일 뿐이오, 편집장이 잘라 말했다, 휴가 때 얘기는 꺼내지 맙시다. 페레이라는 책상 앞 의자에 앉았다. 편집장은 연필을 들어 책상 위에서 굴리기 시작했다. 페레이라 박사, 편집장이 말했다, 당신만 괜찮다면 말을 놓고 싶은데. 편한 대로 하십시오, 페레이라가 대답했다. 저, 페레이라, 편집장이 말했다, 우린 안 지 얼마 되지 않았네, 이 신문이 창간되었을 때 만났지, 하지만 난 자네가 좋은 기자라는 걸 알아, 보도 기자로 거의 삼십 년간 일했고, 그렇게 기자 생활을 했으니 분명 내 말을 이해할 수 있을 걸세. 이해해보도록 최선을 다하겠습니다, 페레이라가 말했다. 그런데, 편집장이 말했다, 이번 마지막 기사는 예상하지 못했네. 무슨 말씀이십니까? 페레이라가 물었다. 프랑스 찬양 말일세, 편집장이 말했다, 중요한 상황에서 불화거리를 만들었어. 뭐가 프랑스 찬양이라는 말씀이시죠? 페레이라가 어리둥절해하며 물었다. 페레이라! 편집장이 소리쳤다, 자넨 독일군과의 전쟁 이야기에 '프랑스 만세'로 끝나는 알퐁스 도데의 단편을 실었어. 19세기 단편입니다, 페레이라가 대답했다. 그래 19세기 단편이지, 편집장이 말했다, 하지만 독일에 대항한 전쟁에 대해 줄곧 얘기하더군, 페레이라, 독일이 우리의 연합국이라는 사실을 알지 않는가. 우리 정부는 적어도 공식적으로는 독일과 연합하지 않았습니다, 페레이라가 반박했다. 집어치우게 페레이라, 편집장이 말했다, 생각을 해봐, 연합국이 아니더라도 적어도 호감을, 아주 강한 호감을 갖고 있네, 우리는 대내외적으로 독일을 연합국으로 생각하고 있고 독일처럼 스페인 민족주의자들을 도와주고 있어. 하지만 검열에 걸리지 않았습니다, 페레이라가 변명했다, 단편을 조용히 통과시켜줬습니다. 검열관들은 멍청이고 무식해, 편집장이 말했다, 검열장은 똑똑한 사람이야, 내 친구지, 하지만 그가 모든 포르투갈 신문 기사들을 직접 다 읽을 수는 없네, 검열장 외에 다른 사람들은 사회주의니 공산주의니 하는 파괴적인 용어들이 통과되지 못하도록 돈을 받고 일하는 가난한 경찰들, 공무원들이야, 프랑스 만세로 끝나는 도데의 단편을 이해하지 못하네, 그래서 우리가 조심해야 하고 신중해야 해, 우리는 역사적, 문화적 경험이 많은 신문기자들이네, 우리가 우리 자신을 감시해야 해. 전 감시받고 있습니다, 페레이라가 말했다, 사실 누군가가 저를 감시하고 있습니다. 더 자세히 설명해보게, 페레이라, 편집장이 말했다, 그게 무슨 말인가? 편집실 전화에 교환원이 생겨서 이젠 직통전화를 받을 수 없다는 뜻입니다, 페레이라가 말했다, 건물 수위인 셀레스트를 통해서 모든 전화를 받습니다. 편집실은 전부 그렇게 한다네, 편집장이 반박했다, 자네가 없을 경우 누군가 전화를 받고 자네 대신 대답해줘야 해. 그렇지만 그 여자 수위는 경찰 끄나풀입니다, 확신합니다, 페레이라가 말했다. 그만, 페레이라, 편집장이 말했다, 경찰은 우릴 보호해주네, 우리가 잠잘 때 우릴 지켜주지, 경찰에 감사해야 해. 전 그 어느 것에도 감사하지 않습니다, 편집장님, 페레이라가 대답했다, 전 제 직업과 아내의 기억에만 감사할 뿐입니다. 좋은 기억에는 늘 감사해야 하지, 편집장이 수긍했다, 하지만 페레이라, 발행 전에 문화면을 내게 보여줘야겠네, 내 요구는 이거야. 하지만 애국 소설이라고 편집장님께 말씀드렸습니다, 페레이라가 우겼다, 편집장님은 애국심이 필요한 때라시며 격려해주셨고요. 편집장은 담배에 불을 붙이며 머리를 긁적였다. 포르투갈의 애국심을 말한 걸세, 편집장이 말했다, 자네가 내 말을 이해하고 있는지 모르겠군, 페레이라, 포르투갈의 애국심을 말한 거였어, 자네는 계속 프랑스 단편을 소개했네, 프랑스인들은 호감이 가지 않아, 내 말 알겠나, 아무튼 잘 듣게, 우리 독자들은 훌륭한 포르투갈 문화면을 필요로 해, 포르투갈에도 문화면에 실을 만한 작가들이 십여 명 있네, 19세기 작가도 있어, 다음번에는 에사 드 케이로스의 단편에서 골라보게, 포르투갈에 대해 아주 잘 알고 있는 작가야, 아니면 카밀루 카스텔루 브랑쿠의 작품도 좋지, 카스텔루 브랑쿠는 열정을 노래했고 뜨거운 사랑과 감옥을 오가는 격동의 아름다운 인생을 살았네, 〈리스보아〉는 외국을 따라가는 신문이 아니야, 비평가 보하푸타스가 말했듯 자네의 뿌리를 찾아 자네 고향 땅으로 돌아와야 하네. 보하푸타스가 누군지 모르겠습니다, 페레이라가 대답했다. 민족주의 비평가야, 편집장이 설명했다, 포르투갈 작가들이 자신들의 땅으로 돌아와야 한다고 주장하고 있지. 저는 제 땅을 버리지 않았습니다, 페레이라가 말했다, 말뚝처럼 단단히 이 땅에 뿌리를 박고 있지요. 알겠네, 편집장이 인정했다, 하지만 새로운 기획을 할 때는 꼭 나와 상의를 해야 해, 내 말 알아들었는지 모르겠군. 잘 알아들었습니다, 페레이라가 말하며 재킷 첫 단추를 풀었다. 좋아, 편집장이 대화를 마무리했다, 우리 대화가 끝난 것 같군, 우리가 좀더 친해졌으면 하네. 그래야죠, 페레이라가 대답하며 자리에서 일어났다.

밖으로 나오자 나무 꼭대기가 휘청거릴 만큼 강한 바람이 불었다. 페레이라는 걸어가다 택시가 오는지 보려고 멈췄다. 처음에는 오르키데아 카페에 가서 저녁을 먹을까 생각하다가 그냥 집에 가서 카페라테나 마시는 게 좋겠다는 결론에 이르렀다. 그러나 불행히도 택시가 지나가지 않았고 거의 삼십 분이나 기다려야 했다고 페레이라는 주장한다.

다음 날 집에 머물러 있었다고 페레이라는 주장한다. 늦게 일어나 아침식사를 하고 베르나노스의 소설을 치워버렸다. 〈리스보아〉에 실을 수 없을 것이기 때문이다. 책장을 뒤져 카밀루 카스텔루 브랑쿠 전집을 찾아냈다. 손에 잡히는 대로 단편 하나를 골라 첫 페이지를 읽기 시작했다. 소설은 답답했고 프랑스 작가 특유의 아이러니와 가벼움이 없었으며, 문제로 가득한 비극투성이의 어둡고 그리움만 사무치는 작품이었다. 페레이라는 금방 피로해졌다. 페레이라는 아내의 사진과 이야기하고 싶었지만 대화는 나중으로 미뤘다. 허브를 넣지 않은 오믈렛을 만들어 다 먹은 다음 잠자리로 갔고 곧 잠이 들면서 좋은 꿈을 꿨다. 그리고 잠자리에서 일어난 페레이라는 안락의자에 앉아 창문을 쳐다보기 시작했다. 그의 집 창문을 통해서 맞은편 군 막사의 야자수 나무들이 보였고, 이따금 트럼펫 소리가 들렸다. 페레이라는 군복무를 하지 않았기 때문에 트럼펫 소리를 해석할 줄 몰랐다. 그래서 그에겐 트럼펫 소리가 의미 없는 메시지였다. 바람에 흔들리는 야자수 잎을 물끄러미 쳐다보면서 그는 어린 시절을 생각했다. 그렇게 어린 시절을 생각하면서 오후 대부분을 보냈지만 페레이라는 어린 시절에 대해 말하고 싶지 않다. 왜냐하면 이 이야기와 전혀 상관없기 때문이라고 페레이라는 주장한다.

오후 네시경 초인종 소리가 들렸다. 페레이라는 졸음에서 깼지만 움직이지 않았다. 누군가 초인종을 울렸다는 게 이상했다. 혹시 피에다드의 언니가 예상보다 일찍 수술을 받아 피에다드가 세투발에서 돌아온 것일지도 모른다고 생각했다. 초인종이 다시 끈질기게 두 번, 두 번 길게 계속 울렸다. 페레이라는 일어나 아파트 출입구를 열어주는 레버를 당겼다. 그리고 층계참에 서서 대문이 천천히 다시 닫히고 누군가 황급히 계단을 오르는 발소리를 들었다. 건물로 들어온 사람이 층계참에 나타났지만 페레이라는 누군지 분간할 수 없었다. 왜냐하면 계단 쪽이 어두웠고 페레이라도 이젠 눈이 그리 밝지 않았기 때문이다.

안녕하세요, 페레이라 박사님, 페레이라에게 익숙한 목소리가 말했다, 접니다, 들어가도 될까요? 몬테이루 로시였다. 페레이라는 그를 집 안으로 들여보내고 바로 문을 닫았다. 반팔 셔츠를 입은 몬테이루 로시는 작은 가방을 손에 들고 현관에 서 있었다. 죄송합니다, 페레이라 박사님, 몬테이루 로시가 말했다, 곧 다 설명드리겠습니다, 건물에 누가 있나요? 가사도우미는 세투발에 있네, 페레이라가 말했다, 위층 사람들은 아파트를 비우고 오포르투로 이사했고. 혹시 저를 본 사람이 있을까요? 몬테이루 로시가 걱정스러운 듯 물었다. 그는 땀을 흘리며 살짝 말을 더듬었다. 그렇진 않을 거야, 페레이라가 말했다, 그런데 어떻게 이곳에 오게 됐나, 어디서 왔나? 이제 모두 설명드리겠습니다, 페레이라 박사님, 몬테이루 로시가 말했다, 하지만 먼저 샤워를 하고 셔츠를 갈아입어야겠습니다, 무척 피곤하거든요. 페레이라는 몬테이루 로시를 욕실로 안내하고 빨아놓은 카키색 셔츠를 주었다. 자네한텐 좀 클지도 모르겠네, 페레이라가 말했다, 그래도 참고 입게나. 몬테이루 로시가 목욕을 하는 동안 페레이라는 현관에 있는 아내 사진 앞으로 갔다. 페레이라는 아내의 사진에 대고 몬테이루 로시가 집에 느닷없이 들이닥쳤다는 등 여러 가지 이야기를 하고 싶었다고 주장한다. 하지만 아무 말도 하지 않고 대화를 나중으로 미루고 거실로 되돌아왔다. 몬테이루 로시는 페레이라의 품이 큰 셔츠에 폭 싸인 채 나타났다. 감사합니다 페레이라 박사님, 몬테이루 로시가 말했다, 저는 지쳤어요, 많은 얘기를 해드리고 싶지만 너무 지쳐서 눈을 좀 붙이고 싶습니다. 페레이라는 그를 침실로 안내했고 시트 위에 면이불을 깔아주었다. 이곳에 눕게, 몬테이루 로시에게 말했다, 신발은 벗어, 몸이 휴식을 취하지 못하니 신발을 신은 채로는 자지 말게나, 조용히 쉬어, 나중에 내가 깨워주겠네. 몬테이루 로시는 잠자리에 누웠고 페레이라는 문을 닫고 거실로 돌아왔다. 페레이라는 카밀루 카스텔루 브랑쿠의 소설들은 옆으로 치우고 다시 베르나노스의 소설을 집어들고 나머지 부분을 번역하기 시작했다. 〈리스보아〉에 베르나노스의 작품을 싣지 못해도 어쩔 수 없다고 생각했다. 아마 책으로는 낼 수 있을 테고 그렇게 되면 적어도 포르투갈 사람들은 읽을 만한 좋은 책, 기본적인 문제들을 다룬 진지하고 윤리적인 책, 독자들의 의식에 도움을 주는 책을 가지게 될 거라고 페레이라는 생각했다.

여덟시가 되었지만 몬테이루 로시는 여전히 자고 있었다. 페레이라는 주방으로 가서 달걀 네 개를 깨뜨리고 디종 겨자 한 스푼과 향신료로 오레가노와 마저럼을 조금 넣었다. 맛있는 허브오믈렛을 준비하고 싶었다. 몬테이루 로시는 배가 무척 고플 거라고 페레이라는 생각했다. 거실에 2인용 식탁을 준비하고 흰 테이블보를 깐 다음 그가 결혼했을 때 실바가 선물했던 칼다스 다 하이냐 산(産) 접시를 놓고 촛대 두 개에 양초를 꽂았다. 이윽고 몬테이루 로시를 깨우러 갔지만 막상 그를 깨우려니 내키지가 않아 천천히 방으로 들어갔다. 청년은 침대에 엎어져 한쪽 팔을 침대 밖으로 내민 채 자고 있었다. 페레이라는 몬테이루 로시를 불렀지만 그는 일어나지 못했다. 페레이라는 그의 팔을 흔들며 말했다. 몬테이루 로시, 저녁 먹을 시간이야, 이렇게 계속 자다간 밤에 잠을 자지 못할 걸세, 조금이라도 먹는 게 좋아. 몬테이루 로시는 공포에 질린 모습으로 침대 밖으로 뛰쳐나왔다. 진정하게, 페레이라가 말했다, 나야 페레이라 박사, 이곳은 안전하네. 두 사람은 거실로 갔고 페레이라는 촛불을 켰다. 페레이라가 오믈렛을 요리하는 동안 찬장에 남아 있던 통조림 파테를 몬테이루 로시에게 주었다. 페레이라가 주방에서 물었다. 몬테이루 로시, 무슨 일이 있었나? 박사님 감사합니다, 몬테이루 로시가 대답했다, 친절하게 맞아주셔서 감사해요, 페레이라 박사님, 제게 보내주신 돈도 감사드립니다, 마르타가 돈을 전달해줬어요. 페레이라는 식탁으로 오믈렛을 가져갔고 목에 냅킨을 둘렀다. 그러니까, 몬테이루 로시, 도대체 무슨 일이 일어난 건가? 페레이라가 물었다. 몬테이루 로시는 일주일은 굶은 사람처럼 음식에 달려들었다. 천천히 먹게, 그렇게 먹다간 목이 메니까, 페레이라가 말했다, 천천히 씹어 먹게, 치즈도 있어, 이제 얘기 좀 해주게. 몬테이루 로시는 음식을 한 입 꿀꺽 삼키고 나서 말했다. 제 사촌이 붙잡혔습니다. 어디서, 페레이라가 물었다, 내가 구해준 호텔에서 잡혔나? 아니요, 몬테이루 로시가 대답했다, 알렌테주에서 사람들을 모집하다가 붙잡혔어요, 저는 기적적으로 도망칠 수 있었고요. 지금은? 페레이라가 물었다. 지금 저는 쫓기고 있습니다, 페레이라 박사님, 몬테이루 로시가 대답했다, 저를 찾아 포르투갈을 샅샅이 뒤지고 있을 거예요, 어제저녁에 버스를 타고 바헤이루까지 가서 여객선을 탔습니다, 차비가 없어서 카이스 드 소드레에서 이곳까지 걸어왔고요. 자네가 여기 있다는 걸 아는 사람이 있나? 페레이라가 물었다. 아무도 모릅니다, 몬테이루 로시가 대답했다, 마르타도 모릅니다, 하지만 마르타에겐 연락하고 싶어요, 제가 안전한 곳에 있다는 사실을 적어도 마르타에게는 알리고 싶습니다, 박사님은 저를 내쫓지 않을 테니까요, 그렇죠 페레이라 박사님? 자네 원하는 만큼 얼마든지 이곳에 있어도 되네, 페레이라가 대답했다. 적어도 9월 중순까지, 건물 관리인이면서 우리 집 일을 도와주는 피에다드가 돌아올 때까지는 말일세, 피에다드는 믿을 만한 여자지만 수위라네, 수위들은 다른 수위들과 얘기하게 되어 있지, 자네가 들키지 않고 지낼 수는 없을 걸세. 저, 몬테이루 로시가 말했다, 9월 15일에 이곳에서 나가 다른 거처를 찾아보겠습니다, 마르타와 얘기해보겠습니다. 이보게, 몬테이루 로시,

페레이라가 말했다. 지금은 마르타를 그냥 두게, 자네가 우리 집에 있는 한 누구와도 연락해선 안 돼, 조용히 있으면서 휴식을 취하게나. 그런데 뭘 하십니까, 페레이라 박사님, 몬테이루 로시가 물었다, 아직도 사망 기사와 추모사에 골몰하고 계세요? 어느 정도는, 페레이라가 대답했다, 하지만 자네 기사는 모두 신문에 실을 수 없는 것들이었네, 편집실 서류철에 기사들을 모두 넣어두었네, 내가 왜 그것들을 버리지 않는지 모르겠어. 이제 박사님께 솔직히 고백해야 할 때가 온 것 같군요, 몬테이루 로시가 우물거렸다, 이렇게 늦게 말씀드려서 죄송합니다, 하지만 그 기사들은 제 머릿속에서 나온 게 아니에요. 그게 무슨 말인가? 페레이라가 물었다. 저, 페레이라 박사님, 사실 마르타가 제게 많은 도움을 주었습니다, 일부는 마르타가 썼고요, 기본적인 틀은 마르타의 생각입니다. 그건 아주 부당한 일일세, 페레이라가 반박했다. 아, 어느 정도까지 부당한 일인지 잘 모르겠습니다, 몬테이루 로시가 대답했다, 하지만 페레이라 박사님, 스페인 민족주의자들이 무엇을 외치고 있는지 아세요? '죽음 만세'입니다, 저는 죽음에 대해 쓸 줄 모릅니다, 저는 삶을 더 좋아하죠, 페레이라 박사님, 저 혼자서는 사망 기사를 쓰고 죽음에 대해 말할 수 있는 능력이 못 됩니다, 정말 그럴 능력이 없습니다. 사실 나도 자네를 이해하네, 나도 이젠 그럴 수 없으니까 말이야, 하고 말했다고 페레이라는 주장한다.

밤이 깊어가고 양초들이 희미한 불빛을 퍼뜨렸다. 내가 왜 자네를 위해 이 모든 일을 하는지 모르겠어, 몬테이루 로시, 페레이라가 말했다. 아마 박사님이 훌륭한 분이시기 때문일 테죠, 몬테이루 로시가 대답했다. 그건 아주 간단해, 페레이라가 반박했다. 세상에는 훌륭한 사람들이 많은데, 그들은 문젯거리를 찾아다니지 않을 뿐이야. 저는 잘 모르겠어요, 몬테이루 로시가 말했다, 전 정말 모르겠어요. 문제는 나도 잘 모르겠다는 거야, 페레이라가 말했다, 며칠 전까지 난 스스로에게 많은 질문을 했네, 하지만 질문을 안 하는 편이 더 좋았을 법했어. 페레이라는 술에 담근 버찌를 가져왔고 몬테이루 로시는 버찌를 한 컵 가득 따었다. 페레이라는 다이어트에 방해가 될까 두려워 설탕을 조금 뿌려 버찌 한 알만 먹었다.

어떻게 된 일인지 설명해보게, 페레이라가 물었다, 알렌테주에서 지금까지 무슨 일을 했나? 저희는 알렌테주를 전부 돌아다녔습니다, 몬테이루 로시가 대답했다, 그리고 가장 소요가 빈번한 곳, 안전한 장소에 머물렀고요. 미안하지만, 페레이라가 끼어들었다, 자네 사촌은 그 일에 적당한 사람이 아닌 듯한데, 딱 한 번 봤지만 능력이 부족해 보였어, 다소 우둔하더군, 그리고 포르투갈어도 못하잖나. 네, 몬테이루 로시가 말했다, 하지만 평소 생활에서는 인쇄공으로 일하며 서류를 다뤘습니다, 여권 위조에서는 사촌을 따라올 사람이 없어요. 그러면 자기 여권도 좀더 잘 위조했으면 좋았을 것을, 페레이라가 말했다, 아르헨티나 여권을 가졌던데 가짜라는 걸 멀리서도 한눈에 알아보겠더군. 그 여권은 사촌이 만든 게 아닙니다, 몬테이루 로시가 반박했다, 스페인에서 동지들이 만들어준 여권이었어요. 그래서 결국 어떻게 됐나? 페레이라가 물었다. 음, 몬테이루 로시가 대답했다, 포르탈레그르에서 안전한 인쇄소를 찾아냈고 사촌은 일에 착수했지요, 저희는 열심히 일했습니다, 사촌이 꽤 많은 여권을 위조해서 그중 상당수를 배포했습니다, 나머지 여권은 제때 나눠주지 못해서 제가 갖고 있고요. 몬테이루 로시는 안락의자에 놔두었던 가방을 집어 안을 뒤졌다. 여기 제가 가진 여권들입니다, 몬테이루 로시는 이렇게 말하며 식탁 위에 그것들을 내려놓았다. 이십여 개쯤 됐다. 자네 미쳤군, 몬테이루 로시, 페레이라가 말했다, 마치 여권이 캐러멜이라도 되는 양 가방에 넣어 돌아다니다니, 만일 이 여권이 발각되기라도 하면 자넨 그걸로 끝이야.

페레이라는 여권을 집으며 말했다. 이것들은 내가 숨겨놓겠네. 서랍 속에 여권을 넣어둘 생각이었지만 안전한 장소 같지 않았다. 그래서 현관으로 가 아내의 사진 뒤에 여권을 숨겨두었다. 미안해, 페레이라가 사진에 대고 말했다, 하지만 여긴 아무도 안 찾아볼 거야, 집 안에서 가장 안전한 장소지. 이윽고 페레이라는 거실로 돌아와 말했다. 이제 밤이 늦었네, 잠자리에 드는 게 좋겠어. 저는 마르타와 연락해야 합니다, 몬테이루 로시가 말했다, 걱정하고 있을 거예요, 마르타는 무슨 일이 일어났는지 모릅니다, 아마 저도 붙잡혔다고 생각할 거예요. 이보게, 몬테이루 로시, 페레이라가 말했다, 내일 내가 마르타에게 전화해주겠네, 하지만 공중전화로 해야 해, 오늘 저녁은 진정하고 조용히 잠을 자두는 게 좋겠어, 이 쪽지에 전화번호를 써주게. 전화번호를 두 개 적어드리겠습니다, 몬테이루 로시가 말했다, 한 군데서 안 받으면 분명 다른 번호에서 받을 겁니다, 마르타가 직접 받지 않으면 리즈들로네를 바꿔달라고 하세요, 지금은 그 이름으로 불리거든요. 알겠네, 페레이라가 대답했다, 얼마 전에 마르타를 만났어, 그 아가씨 꼬챙이처럼 말랐더군, 알아보기 힘들었어, 이 생활이 그 아가씨한테는 좋지 않은 모양이야, 몬테이루 로시, 마르타의 건강이 나빠지는 듯했어, 이제 그만 자게.

　페레이라는 양초를 끄고 자신에게 물었다. 왜 자신이 이 이야기 속에 끼어들었을까, 왜 몬테이루 로시를 집 안에 들였을까, 왜 마르타에게 전화해서 암호 메시지를 남기겠다고 했을까, 왜 그와 상관없는 일에 휘말렸을까? 왜 마르타는 어깨뼈가 닭날개처럼 툭 튀어나올 정도로 말랐을까? 왜 몬테이루 로시는 그를 보살펴줄 부모가 없는 걸까? 왜 자신은 파레드에 갔고 카르도주 박사는 정신의 연합에 대한 이론을 얘기했을까? 페레이라는 그 이유를 알지 못했고 지금까지도 그 물음에 대답할 수 없다. 내일 아침 일찍 일어나 하루를 잘 보내려면 당장 잠자리에 드는 게 좋았지만 자러 가기 전에 잠깐 현관에 가서 아내의 사진을 보았다. 하지만 사진에 대고 말하지는 않았다. 단지 손짓으로 안녕, 하고 다정하게 인사만 했다고 페레이라는 주장한다.

23

8월 말의 아침 여덟시에 눈을 떴다고 페레이라는 주장한다. 간밤에 여러 번 잠을 깼고 맞은편 군 막사의 야자수 나뭇잎에 세차게 쏟아지는 빗소리를 들었다. 꿈을 꿨는지는 기억나지 않는다. 깊이 잠들지 못하고 이것저것 잡스러운 꿈을 꾼 것도 같은데 어떤 꿈이었는지 기억나지 않는다. 몬테이루 로시는 거실 소파에 잠들어 있었고 잠옷이 너무 커서 마치 시트를 두른 듯했다. 그는 추운 듯 옹크리고 잠을 잤다. 페레이라는 몬테이루 로시를 깨우지 않기 위해 살며시 이불을 덮어주었다. 그리고 소리를 내지 않으려고 집 안을 조심조심 돌아다녔다. 커피를 준비하고 길모퉁이에 있는 가게로 장을 보러 갔다. 정어리 통조림 네 개와 달걀 열두 개, 토마토 몇 개, 메론 한 통, 빵, 불에 올려놓고 데우기만 하면 되는 즉석요리용 대구 크로켓 여덟 개를 샀다. 그리

고 파프리카를 넣은 조그만 훈제 햄이 갈고리에 걸려 있는 걸 보고 그
것도 샀다. 찬장을 채우기로 하셨군요, 페레이라 박사님, 가게 주인이
말했다. 아 네, 페레이라가 대답했다, 저희 집 도우미 아주머니가 9월
중순 전에는 오지 않아서요, 세투발에 있는 언니에게 갔지요, 그래서
제가 식료품을 마련해야 하는데 매일 아침 장을 보러 올 수는 없어서
말입니다. 가사도우미를 찾으신다면 제가 마땅한 사람을 소개해드릴
수 있어요, 가게 주인이 말했다, 저기 위쪽 그라사 근처에 사는데 남
편한테 버림받고 어린 아들이랑 살고 있거든요, 믿을 만한 사람이에
요. 아닙니다, 고맙습니다, 페레이라가 대답했다, 프란시스쿠 씨 감사
합니다만 괜찮습니다, 피에다드가 그걸 어떻게 받아들일지 모르겠어
서요, 가사도우미들은 서로 질투가 심하니까요, 피에다드가 일자리를
뺏겼다고 느낄지 모릅니다, 혹시 겨울쯤이라면 생각해볼 수 있겠지만
지금은 피에다드가 돌아오기를 기다리는 편이 좋겠습니다.

　페레이라는 집으로 돌아와 사온 식품들을 냉장고에 정리했다. 몬테
이루 로시는 아직 자고 있었다. 페레이라는 그에게 쪽지를 남겼다.
"햄과 달걀하고 데우기만 하면 되는 대구 크로켓이 있네, 팬에 데워
먹게, 하지만 기름은 조금만 둘러야 해, 기름을 많이 넣으면 뭉그러질
거야, 맛있게 식사하고 편히 쉬게, 나는 오후 늦게 돌아오겠네, 마르
타와 통화해보겠네, 이따 보세, 페레이라."

　페레이라는 집에서 나와 편집실로 갔다. 편집실 건물에 도착했을
때 셀레스트가 비좁은 수위실에서 열심히 달력을 들여다보는 모습이
보였다. 안녕하세요, 셀레스트, 페레이라가 말했다, 새로운 소식 있습
니까? 전화도 없었고 우편물도 없어요, 셀레스트가 대답했다. 페레이

라는 안심했다. 그를 찾는 사람이 없는 편이 좋았다. 페레이라는 편집실로 올라가 수화기를 내려놓고 나서 카밀루 카스텔루 브랑쿠의 단편을 집어 들고 인쇄소에 넘기기 위한 준비를 했다. 열시경에 본사로 전화를 하니 비서 필리파 양의 부드러운 목소리가 대답했다. 페레이라 박사입니다, 페레이라가 말했다, 편집장님과 통화하고 싶습니다. 전화를 바꾸자 편집장의 목소리가 들렸다. 페레이라 박사입니다, 페레이라가 말했다, 그냥 인사드리려고 전화했습니다, 편집장님. 전화 잘했습니다, 편집장이 말했다, 어제 박사를 찾았는데 편집실에 없더군요. 어제는 몸이 안 좋았습니다, 페레이라가 거짓말을 했다, 심장이 안 좋아서 집에 있었습니다. 알겠습니다, 페레이라 박사, 편집장이 말했다, 그런데 다음번 문화면에 뭘 실을 계획인지 알고 싶군요. 편집장님이 권하신 대로 카밀루 카스텔루 브랑쿠의 단편을 실을 예정입니다, 페레이라가 대답했다, 19세기 포르투갈 작가니까 반응이 좋으리라 생각합니다, 편집장님 생각은 어떠십니까? 아주 좋아요, 편집장이 대답했다, 하지만 추모 기사를 계속 싣는 것도 좋을 것 같군요. 저는 릴케가 어떨까 생각했는데 아직 싣지는 않았습니다, 페레이라가 대답했다, 편집장님께 동의를 구하고 싶습니다. 릴케, 편집장이 말했다, 어디서 들어본 이름인데. 라이너 마리아 릴케입니다, 페레이라가 설명했다, 체코슬로바키아에서 태어났지만 실제로는 오스트리아 시인입니다, 독일어로 작품을 썼고, 1926년에 죽었습니다. 이봐요, 페레이라, 편집장이 말했다, 내가 전에 말했듯이 〈리스보아〉가 점점 외국을 지향하는 신문이 되고 있어요, 왜 조국의 시인을 추모하는 기사를 쓰지 않는 겁니까, 왜 우리의 위대한 카몽이스를 쓰지 않는 건가요?

카몽이스요? 페레이라가 대답했다, 하지만 카몽이스는 1580년에 죽었습니다. 죽은 지 거의 400년이 됐습니다. 그래요, 편집장이 말했다, 하지만 포르투갈의 위대한 민족 시인이고 지금까지도 많은 영향을 끼치고 있지요, 민족선전비서국장 그러니까 문화부 장관인 안토니우 페루가 어떤 주장을 했는지 압니까, 그는 카몽이스의 날을 민족의 날로 삼자는 뛰어난 생각을 했습니다, 그날 위대한 서사 시인과 포르투갈 민족을 찬양하는 겁니다, 박사는 그에 대한 추모 기사를 쓰면 돼요. 하지만 카몽이스의 날은 6월 10일입니다, 페레이라가 반박했다, 편집장님, 어떻게 8월 말에 카몽이스의 날을 기념할 수 있겠습니까? 하지만 6월 10일에 우리 신문은 아직 문화면이 없었어요, 편집장이 설명했다, 이 사실을 기사에서 밝히면 되는 겁니다, 우리의 위대한 민족 시인 카몽이스를 기념하는 민족의 날이라 말하면 되지 않습니까, 독자들이 이해할 수 있도록 설명을 하십시오. 죄송합니다만 편집장님, 페레이라가 양심의 가책을 느끼며 대답했다, 한 가지만 말씀드리고 싶습니다, 우리는 원래 루시타니아인*이었습니다, 이후 로마인과 켈트인과 섞였고 나중에는 아랍인과도 섞였습니다, 그러니 우리 포르투갈 사람들이 어떤 민족을 찬양할 수 있겠습니까? 포르투갈 민족이죠, 편집장이 대답했다, 미안하지만 페레이라, 당신의 반박은 내가 보기에 설득력이 없어요, 우리는 포르투갈인이에요, 우리는 세계를 발견했고, 지구 곳곳을 항해했소, 16세기에 우리가 세계를 항해했을 때, 그때 이미 우리는 포르투갈인이었습니다, 우리는 위대한 포르투갈인

---

* 고대로마의 속주로, 현재 포르투갈과 스페인 일부에 걸쳐 있던 루시타니아 거주 민족.

이고 이 사실을 찬양하십시오, 페레이라. 편집장은 잠시 침묵했다가 계속했다. 페레이라, 내가 지난번에 말을 놓겠다고 했는데 왜 아직도 존댓말을 쓰는지 모르겠군요. 편한 대로 하십시오, 편집장님, 페레이라가 대답했다. 아마 전화 통화이기 때문에 존대를 해주셨을 겁니다. 아무튼 잘 듣게, 페레이라, 나는 〈리스보아〉가 문화면까지 속속들이 포르투갈 신문이 되기를 바라네, 만일 자네가 민족의 날 기념 기사를 안 쓰겠다면 적어도 카몽이스의 기사라도 써야 하네, 그런 줄로 믿겠네.

페레이라는 편집장에게 인사하고 전화를 끊었다. 안토니우 페루, 페레이라는 생각했다, 그 끔찍한 안토니우 페루, 가장 나쁜 점은 그가 교활한 지식인이라는 것이었다. 그가 페르난두 페소아의 친구였다는 데 생각이 미쳤지만 페소아도 결국 그런 이상한 친구를 택했다는 사실을 받아들여야 했다. 페레이라는 카몽이스에 대한 추모 기사를 쓰기 시작했고 열두시 반까지 기사를 작성했다. 그러다가 쓴 것을 모두 휴지통에 던져버렸다. 포르투갈인의 영웅심을 노래한 그 위대한 시인, 카몽이스도 지옥에나 가버렸기를, 하고 생각했다. 영웅심은 무슨, 하고 페레이라는 마음속으로 말했다. 재킷을 입고 페레이라는 오르키데아 카페에 가기 위해 편집실을 나섰다. 카페에 들어가 늘 앉던 자리에 앉았다. 마누엘이 재빨리 왔고 페레이라는 생선 샐러드를 주문했다. 페레이라는 조용히 아주 침착하게 식사를 마친 다음 전화기로 갔다. 손에는 몬테이루 로시에게 받은 전화번호 쪽지를 쥐고 있었다. 첫 번째 전화번호의 신호음이 길게 울렸지만 누구도 전화를 받지 않았다. 페레이라는 다시 전화를 걸었고 여러 번 번호를 실수했다. 신호음이 오래 울렸지만 누구도 전화를 받지 않았다. 이번에는 두번째 번호로 전화를 걸었다. 여자 목소리가 전화를 받았다. 여보세요, 페레이라가 말했다, 들로네 양과 통화하고 싶습니다. 그런 사람은 모르겠는데요, 여자 목소리가 조심스럽게 대답했다. 안녕하세요, 페레이라가 다시 말했다, 전 들로네 양을 찾습니다. 실례지만 누구시죠? 여자의 목소리가 물었다. 저 부인, 페레이라가 말했다, 리즈 들로네 양에게 전할 급한 메시지가 있습니다. 들로네 양을 바꿔주십시오, 부탁입니다. 여기에 리즈라는 사람은 없어요, 여자 목소리가 말했다, 전화를 잘못 거신 것 같네요, 누가 이 전화번호를 당신에게 가르쳐줬나요? 전화번호를 누가 가르쳐줬는지는 중요하지 않습니다, 페레이라가 항의했다, 아무튼 리즈와 통화할 수 없다면 마르타라도 바꿔주십시오. 마르타요? 여자 목소리가 놀랐다, 어떤 마르타요? 이 세상엔 마르타란 이름이 아주 많거든요. 마르타의 성을 모른다는 사실이 생각나자 페레이라는 간단히 이렇게 말했다. 마르타는 금발의 마른 아가씨고 리즈 들로네라는 이름으로도 불립니다, 전 마르타의 친구고 그녀에게 전할 중요한 메시지가 있습니다. 유감스럽지만, 여자 목소리가 말했다, 이곳엔 마르타라는 여자도 리즈라는 여자도 없어요, 그럼 이만 끊을게요. 전화가 딸깍하고 끊기자 페레이라는 멍하니 수화기를 들고 있었다. 수화기를 내려놓고 테이블로 가 앉았다. 주문하시겠어요? 마누엘이 재빨리 오면서 물었다. 페레이라는 설탕을 넣은 레모네이드를 주문하고 나서 물었다. 흥미로운 소식이 있나? 오늘 저녁 여덟시면 들으실 수 있어요, 마누엘이 말했다, 〈라디오 런던〉을 듣는 친구가 있거든요, 원하시면 내일 모두 알려드릴게요.

페레이라는 레모네이드를 마시고 계산을 했다. 밖으로 나와 다시 편집실로 향했다. 셀레스트가 좁은 수위실에서 아직까지 달력을 들여다보고 있었다. 새로운 소식 있습니까? 페레이라가 물었다. 박사님께 전화가 한 통 왔어요, 셀레스트가 말했다, 여자였는데 왜 전화했는지는 말 안 했어요. 이름을 남겼나요? 페레이라가 물었다. 이상한 이름이었는데, 셀레스트가 대답했다, 하지만 이름은 기억나지 않네요. 왜 이름을 적어놓지 않았죠? 페레이라가 수위를 나무랐다, 셀레스트, 당신은 교환원 역할을 맡고 있으니 메모를 해야죠. 제가 글자를 잘 못 쓰거든요, 셀레스트가 대답했다, 더군다나 외국 이름인 경우엔 더하죠, 복잡한 이름이었어요. 페레이라는 심장이 덜컥 내려앉는 것 같았다. 그 사람이 당신에게 뭐라고 했나요, 뭐라고 말했죠, 셀레스트? 박사님께 전할 메시지가 있고 로시 씨를 찾고 있다고 했어요, 이상한 이름이더라고요, 이곳엔 로시라는 사람은 없고 〈리스보아〉 문화면 편집실이라고 대답해줬어요, 전화를 끊고 나서 본사 편집실로 전화했고요, 혹시 박사님이 거기 계실까 해서요, 박사님께 알려드리고 싶었거든요, 한데 박사님은 본사에 안 계시고, 어떤 외국인 여자가, 리즈라는 여자가 박사님을 찾는다고 전해달라고 했어요, 이제야 그 이름이 생각나네요. 그 여자가 로시 씨를 찾는다고 본사에 말했나요? 페레이라가 물었다. 아니요, 페레이라 박사님, 셀레스트가 약삭빠르게 대답했다, 리즈라는 여자가 박사님을 찾는다고만 했어요, 걱정하지 마세요, 페레이라 박사님, 박사님께 연락하고 싶으면 또 전화하겠죠. 페레이라는 시계를 보았다. 오후 네시였다. 편집실로 올라가지 않고 셀레스트에게 인사했다. 저, 셀레스트, 페레이라가 말했다, 난 몸이 좋지 않아서 집에 갈 겁니다, 혹시 나를 찾는 전화가 오면 집으로 전화해달라고 해주세요, 아마 내일은 편집실에 안 올 겁니다, 당신이 내 우편물을 받아주세요.

페레이라가 집에 도착했을 때는 거의 일곱시가 다 된 시각이었다. 테레이루 두 파수의 벤치에 앉아 테주 강 반대 기슭으로 떠나가는 여객선들을 바라보며 한참을 지체했기 때문이다. 오후의 테주 강은 아름다웠다. 페레이라는 아름다운 광경을 즐기고 싶었다. 시가에 불을 붙이고 욕심껏 몇 모금 빨았다. 강이 내려다보이는 벤치였다. 그 옆으로 아코디언을 멘 부랑자가 와서 앉더니 코임브라 시절에 듣던 옛 노래들을 연주해주었다.

페레이라는 집으로 다시 들어갔는데 몬테이루 로시가 금방 보이지 않아 화들짝 놀랐다고 주장한다. 하지만 몬테이루 로시는 욕실에서 목욕을 하고 있었다. 면도하고 있어요, 페레이라 박사님, 몬테이루 로시가 소리쳤다, 오 분 후에 나갈게요. 페레이라는 재킷을 벗고 식탁을 차렸다. 전날 저녁 썼던 칼다스 다 하이냐 산 접시를 놓았다. 아침에 산 양초 두 자루도 준비했다. 이윽고 주방으로 가서 저녁식사로 뭘 준비해야 할지 생각했다. 이탈리아 요리법을 알지도 못하는데 왜 이탈리아 요리를 만들 생각을 했는지 모르겠다. 한번 독창적으로 만들어보자고 생각했다고 페레이라는 주장한다. 햄을 얇게 썰어 네모나게 잘게 자른 다음 달걀 두 개를 깨뜨렸다. 달걀에 치즈 가루를 뿌리고 햄을 넣은 다음 오레가노와 마저럼을 넣고 모든 재료를 잘 섞었다. 그런 다음 파스타를 삶을 물을 냄비에 부었다. 물이 끓기 시작하자 얼마 전에 찬장에 넣어두었던 스파게티 면을 냄비에 넣었다. 몬테이루 로시가 싱싱한 장미 같은 산뜻한 모습으로 나타났다. 페레이라의 카키 색 셔츠를 입고 있었는데 마치 시트를 두른 것 같았다. 이탈리아 요리를 할 생각이네, 페레이라가 말했다, 진짜 이탈리아 요리가 될지는 모르겠지만 말이야, 아마 독특한 맛일 거야, 하지만 파스타이긴 하다네. 기대되는데요, 몬테이루 로시가 소리쳤다, 오랫동안 파스타를 맛보지 못했어요. 페레이라는 양초를 켜고 스파게티를 가져왔다. 마르타에게 전화했었어, 페레이라가 말했다, 한데 첫번째 번호로는 받는 사람이 없더군, 두번째 전화번호로는 어떤 여자가 받았는데 모르는 척을 하더라고, 마르타와 통화하고 싶다고까지 말했지만 통화할 수가 없었어, 그러고 편집실로 갔는데 수위가 나를 찾는 전화가 있었다고 했네, 아마 마르타였겠지, 그런데 자네를 찾더래, 마르타가 경솔했던 것 같아, 아무튼 내가 자네와 접촉하고 있다는 사실을 누군가 알게 됐을지 몰라, 이 일로 문제가 생길지도 모르겠네. 그럼 제가 어떻게 해야 하죠? 몬테이루 로시가 물었다. 보다 안전한 장소가 있다면 그곳에 가는 게 좋아, 그런 곳이 없다면 여기 그냥 머물면서 지켜볼 수밖에, 페레이라가 대답했다. 페레이라는 술에 담근 버찌를 식탁으로 가져와 술 없이 버찌만 하나 먹었다. 몬테이루 로시는 한 잔 가득 채웠다. 그때 문을 두드리는 소리가 들렸다. 문을 부술 것처럼 세차게 두드리는 소리였다. 페레이라는 어떻게 아파트 출입구를 통과했는지 궁금해하며 몇 초간 숨죽이고 있었다. 문 두드리는 소리가 세차게 되풀이됐다. 누구십니까, 페레이라가 자리에서 일어나며 물었다, 무슨 일이시죠? 문 열어, 경찰이다, 안 열면 부수고 들어가겠다, 어떤 목소리가 대답했다. 몬테이루 로시는 급히 방으로 뛰어 들어가며 간신히 이렇게만 말했다. 여권, 페레이라 박사님, 여권을 숨기세요. 이미 안전한 곳에 숨겨놨네, 페레이라가 그를 진정시켰다. 페레이라는 문을 열어주기 위해 현관으로 갔다. 아내의 사진 앞을 지나면서 서로 같은 일을 모의하는 공모자의 눈길로 아내의 먼 옛날의 미소에 답했다. 그리고 문을 열어줬다고 페레이라는 주장한다.

24

권총을 든 사복 차림의 세 남자였다고 페레이라는 주장한다. 맨 처음 들어온 남자는 콧수염에 밤색 염소수염을 기른 키 작고 마른 남자였다. 비밀경찰입니다, 우두머리 분위기가 나는 키 작고 마른 남자가 말했다, 아파트를 수색해야겠습니다, 우린 사람을 찾고 있습니다. 신분증을 보여주시오, 페레이라가 대들었다. 키 작고 마른 남자가 함께 온 동료, 짙은 색 옷을 입은 촌뜨기 두 명을 바라보며 말했다, 어이, 애들아, 너희 들었어 어떻게 생각해? 둘 중 한 명이 페레이라의 입에 권총을 대고 속삭였다, 신분증으로 이거면 되겠어, 뚱보? 치우지 못해, 키 작고 마른 남자가 말했다, 페레이라 박사님을 그런 식으로 대우하면 쓰나, 이분은 훌륭한 신문기자시다, 훌륭한 신문에서 글을 쓰시지, 가톨릭 냄새가 다소 지나치긴 하지만 말이야, 가톨릭 신문이라는 사실을 부정하진 않겠지만 올바른 입장을 취하고 있어. 그러면서 계속했다, 저 페레이라 박사, 시간 낭비하지 않게 해주시오, 우린 잡담이나 하자고 여기 온 게 아닙니다, 우리는 시간 낭비란 걸 잘 못해요, 당신이 이 사건과 관계없다는 걸 알고 있습니다, 당신은 훌륭한 분이에요, 단지 자신이 어떤 사람과 만나고 있는지 모르고 위험한 자를 믿었을 뿐이지요, 하지만 나는 박사를 위험에 빠뜨리고 싶지 않습니다, 그러니 우리 일을 하게 해주십시오. 나는 〈리스보아〉의 문화면을 맡고 있습니다, 페레이라가 말했다, 누군가와 이야기하고 싶군요, 편집장에게 전화하겠습니다, 편집장은 당신들이 내 집에 있는 걸 압니까? 그만하십시오, 페레이라 박사, 키 작고 마른 사람이 부드러운 목소리로 대답했다, 우리 경찰들 일을 당신 편집장에게 먼저 알릴 것 같습니까, 도대체 무슨 얘기를 하시는 겁니까? 하지만 당신들은 경찰이 아니지요, 페레이라가 고집을 피웠다, 당신들은 자격이 없습니다, 당신들은 사복을 입고 있고, 내 집에 들어와도 된다는 허락도 받지 않았습니다. 키 작고 마른 사람이 살짝 미소를 머금은 채 다시 두 촌뜨기를 돌아보며 말했다, 집주인이 고집이 세군, 얘들아, 어떻게 해야 집주인을 설득할 수 있을까. 페레이라를 향해 권총을 겨누고 있던 남자가 거칠게 밀쳤고 페레이라는 비틀거렸다. 어이, 폰세카, 그러지 마, 이분이 너무 놀라시잖아, 덩치는 크지만 약한 분이야, 문화에 관심 많은 지식인이라고, 페레이라 박사를 살살 잘 설득해야지, 잘못하면 오줌을 싸실 거야. 폰세카라 불리는 촌뜨기가 다시 밀쳤고 페레이라는 또 휘청거렸다고 주장한다. 폰세카, 키 작고 마른 남자가 웃으며 말했다, 자네는 너무 거칠어, 주의를 좀 줘야겠는데, 안 그러면 내 일을 망치겠어. 그는 페레이라를 돌아보며 말했다, 페레이라 박사, 말했지만 우린 당신에게 볼일이 없습니다, 단지 당신 집에 있는 청년에게 작은 교훈을 주기 위해 온 것입니다, 작은 교훈이 필요한 작자죠, 조국의 가치가 무엇인지 모르고 그 가치를 어지럽히고 있기 때문입니다, 불쌍한 자식, 우리는 그자에게 조국의 가치를 되찾아주기 위해 온 겁니다. 페레이라는 한쪽 뺨을 문지르며 중얼거렸다, 이곳엔 아무도 없습니다. 키 작고 마른 남자가 주변을 돌아보며 말했다, 이보시오, 페레이라 박사, 우리 일을 좀 쉽게 해주시오, 당신 손님인 그 청년에게 몇 가지 물어봐야 합니다, 잠깐 심문만 할 겁니다, 그자가 조국의 가치를 되찾을 수 있도록 할 거예요, 우리도 그 이상은 원하지 않아요, 그래서 온 겁니다. 그렇다면 경찰에 전화하게 해주시오, 페레이라가 고집을 피웠다. 경찰이 와서 청년을 경찰서로 데려가게 말입니다, 내 아파트가 아닌 경찰서에서 심문을 하십시오. 집어치워요, 페레이라 박사, 키 작고 마른 사람이 미소를 띠며 말했다, 당신은 전혀 이해를 못 하는군요, 당신 아파트는 우리 같은 비밀경찰이 사적으로 심문을 하기에 아주 좋은 곳입니다, 건물 관리인도 없고, 이웃들은 오포르투로 떠났지요, 조용한 저녁시간이고 이 건물은 쾌적하니 경찰서보다 훨씬 낫지 않겠소.

이윽고 키 작고 마른 남자가 폰세카라고 불렀던 촌뜨기에게 신호를 보내자 폰세카는 주방까지 페레이라를 밀쳤다. 남자들은 주변을 둘러보았지만 먹다 남은 음식이 차려진 식탁뿐 아무도 보이지 않았다. 은밀한 저녁식사군요, 페레이라 박사, 키 작고 마른 남자가 말했다, 촛불을 켜놓고 은밀한 저녁식사 중이었나본데 로맨틱하군요. 페레이라는 대답하지 않았다. 이보시오, 페레이라 박사, 키 작고 마른 남자가 부드러운 태도로 말했다, 당신은 홀아비고 여자들하고도 사귀지 않아요, 보시다시피 난 당신에 관해 모든 걸 알고 있소, 혹시 젊은 청년들을 좋아하는 것 아닙니까? 페레이라는 다시 뺨을 쓰다듬으며 말했다, 당신은 무례한 사람이군요, 지금 이 모든 것이 무례한 행동입니다. 집어치우시오, 페레이라 박사, 키 작고 마른 남자가 계속 말했다, 당신도 알다시피 그자도 남자 아닙니까, 남자가 엉덩이가 예쁜 잘생긴 청년을 찾는다 해도 이해할 수 있는 일이지요. 그러더니 딱딱하고 단호한 어조로 다시 말했다, 우리가 당신 집 안을 들쑤셔놔야겠소 아니면 타협을 하겠소? 저쪽, 서재 아니면 침실에 있을 겁니다, 페레이라가 대답했다. 키 작고 마른 남자가 두 촌뜨기에게 명령을 내렸다. 폰세카, 너무 심하게 다루진마, 문제 일으키고 싶지 않아, 녀석에게 따끔하게 교훈만 주고 우리가 원하는 것만 알아내면 돼, 그리고 리마, 잘 행동해, 곤봉 가져와서 셔츠 속에 숨기고 있다는 거 아니까, 명심해, 머리는 때리지 마, 차라리 등이나 가슴을 쳐, 아프게는 해도 상처는 남기지 말라고. 알겠습니다, 대장, 두 촌뜨기가 대답했다. 그들은 서재로 들어가 문을 닫았다. 좋습니다, 좋아요, 키 작고 마른 남자가 말했다, 부하 두 명이 일을 하는 동안 우린 잡담이나 나눕시다. 경찰에 전화하고 싶습니다, 페레이라가 다시 말했다. 경찰, 키 작고 마른 남자가 웃었다, 내가 경찰이오, 페레이라 박사, 아니면 적어도 내가 경찰을 대신하고 있소, 우리 경찰도 밤에는 잠을 자야 하니까, 알다시피 우리의 경찰은 하루 종일 우리를 지켜주고 있지, 하지만 밤에는 잠을 자러 가야 하오, 그러니까 돌아다니는 범죄자들, 당신 손님처럼 조국의 의미를 잃어버린 사람들을 상대하느라 피곤하기 때문이오, 자 말해주겠소, 페레이라 박사, 왜 이런 문젯거리에 끼어들게 됐지요? 난 어떤 문젯거리에도 끼어들지 않았습니다, 페레이라가 대답했다, 난 〈리스보아〉의 수습기자를 고용했을 뿐입니다. 물론이오, 페레이라 박사, 물론 그렇겠지요, 키 작고 마른 남자가 말했다, 하지만 당신은 먼저 신상정보를 알아봐야 했소, 경찰이나 당신 편집장에게 물어보고, 고용하려는 수습기자의 신원을 알려줘야 했소, 버찌 하나 먹어도 되겠소?

그때 의자에서 벌떡 일어났다고 페레이라는 주장한다. 숨이 차는 것 같아서 의자에 앉아 있었지만 그 순간 벌떡 일어나 말했다. 비명소리가 들렸습니다, 내 방에서 무슨 일이 일어나는지 가서 봐야겠습니다. 키 작고 마른 남자가 페레이라에게 권총을 겨누었다. 내가 당신 입장이라면 그렇게 하지 않겠소, 페레이라 박사, 내 부하들이 조심스럽게 일을 하고 있소, 가서 보면 불쾌해지기만 할 거요, 당신은 예민한 사람이오, 페레이라 박사, 지식인이고 심장병을 앓고 있소, 어떤 장면들은 당신 건강에 좋지 않소. 편집장에게 전화하고 싶습니다, 페레이라가 우겼다, 편집장에게 전화하게 해주십시오. 키 작고 마른 남자가 냉소를 지었다. 당신 편집장은 지금 자고 있소, 남자가 대꾸했다, 아마 아름다운 여인을 품에 안고 잠들어 있겠지, 당신도 알잖소, 당신 편집장은 진짜 남자니까, 페레이라 박사, 불알 달린 남자, 당신처럼 금발 청년 엉덩이만 찾는 사람이 아니지. 페레이라는 앞으로 나가 남자의 따귀를 때렸다. 키 작고 마른 남자가 느닷없이 권총으로 페레이라를 때렸고 페레이라의 입에서 피가 흘러내렸다. 이런 짓 하지 마시오, 페레이라 박사, 남자가 말했다, 당신을 공손히 대하라고 지시 받았지만 모든 일에는 한계가 있는 법이오, 만일 당신이 집 안에 폭력 분자를 끌어들이는 바보라면 그건 내 잘못이 아니오, 나는 당신 목구 멍에 총알을 박을 수 있소, 기꺼이 그렇게 할 수 있소, 하지만 당신을 공손히 더하라고 했기 때문에 참고 있는 거요, 도를 넘지 마시오 페레 이라 박사, 도를 넘지 말라고 했소, 내가 인내심을 잃을 수도 있으니까.

그 순간 또다시 숨죽인 비명 소리가 나자 서재 문으로 달려갔다고 페레이라는 주장한다. 하지만 키 작고 마른 남자가 그를 막아서며 밀 쳐냈다. 페레이라의 덩치가 컸음에도 밀치는 힘이 워낙 세서 페레이 라는 뒷걸음치고 말았다. 잘 들으시오, 페레이라 박사, 키 작고 마른 남자가 달했다, 권총을 사용하게 하지 마시오, 당신 목구멍이나 아니 면 당신 약점인 심장에 총알을 처박고 싶은 마음이 굴뚝같지만 하지 않겠소, 왜냐하면 이곳에서 사람을 죽이고 싶지는 않으니까, 우리는 애국심이˚무엇인지 알려주기 위해 온 것이오, 그리고 당신에게도 약 간의 애국심을 심어주는 게 좋을 것 같소, 당신 신문에선 프랑스 작가 들 이외에는 싣지 않으니까 말이오. 페레이라는 다시 앉았다고 주장 한다. 프랑스 작가들은 지금과 같은 때에 용기를 낸 유일한 사람들입 니다, 페레이라가 말했다. 프랑스 작가들은 빌어먹을 개자식이라고 당신에게 말해주고 싶소, 키 작고 마른 남자가 말했다, 모두들 벽에 세워놓고 총살해야 마땅하지, 죽고 나선 그 위에 오줌을 싸줘야 할 작 자들이야. 당신은 천박한 사람이군요, 페레이라가 말했다. 천박하지 만 애국자요, 남자가 대답했다, 나는 프랑스 작가들한테서 뭔가 음모 거리를 찾으려는 당신과는 다른 사람이오, 페레이라 박사.

그 순간 두 촌뜨기가 문을 열고 나왔다. 뭔가 초조해 보였고 숨이 가빴다. 놈이 말을 안 하려고 했어요, 그들이 말했다, 본때를 보여주려고 좀 거친 방법을 사용했습니다, 여기를 빨리 빠져나가는 게 좋겠습니다. 사고 쳤어? 키 작고 마른 남자가 말했다. 모르겠어요, 폰세카라 불리는 남자가 대답했다, 아무튼 떠나는 게 좋을 것 같습니다. 그러면서 동료와 함께 현관문 쪽으로 뛰어갔다. 이봐요, 페레이라 박사, 키 작고 마른 남자가 말했다, 당신은 이 집에서 우릴 보지 못한 거요, 교활한 짓 하지 마시오, 그리고 당신 친구는 잊으시고, 우리가 친절히 방문하고 갔다는 걸 명심하시오, 다음번엔 당신을 찾아올 수도 있으니 말이오. 이윽고 페레이라는 침실로 뛰어 들어갔고 카펫에 엎어져 있는 몬테이루 로시를 보았다. 페레이라는 몬테이루 로시의 뺨을 때렸다. 몬테이루 로시, 힘을 내게, 이제 모두 지나갔어. 하지만 몬테이루 로시는 살아 있다는 어떤 기색도 보이지 않았다. 페레이라는 욕실로 가서 수건을 물에 적신 다음 몬테이루의 로시의 얼굴을 닦아주었다. 몬테이루 로시, 이제 다 끝났어, 페레이라가 되풀이해 말했다, 그들이 떠났어, 눈을 떠보게. 그제야 페레이라는 수건이 온통 피에 젖은 걸 깨달았고 피로 범벅이 된 몬테이루 로시의 머리카락을 보았다. 몬테이루 로시는 눈을 뜨고 천장을 쳐다보고 있었다. 페레이라는 다시 한 번 뺨을 때렸지만 몬테이루 로시는 움직이지 않았다. 페레이라는 그의 손목을 짚어보았다. 이제 맥박이 뛰지 않았다. 페레이라는 허옇게 치켜뜬 몬테이루 로시의 눈을 감겨주고 수건으로 얼굴을 덮었다. 경직이 되지 않도록 두 다리도 펴주었다. 죽은 사람의 다리를 펴줘야 하는 것처럼 몬테이루 로시의 다리도 그렇게 펴주었다. 그러면서 빨리, 서둘러 자신이 무언가를 해야 한다고 생각했다. 꾸물거릴 시간이 없었다고 페레이라는 주장한다.

25

정신 나간 생각 하나가 떠올랐다고 페레이라는 주장한다. 정신 나간 생각이지만 실천에 옮길 수 있을지 모른다고 생각했다. 재킷을 걸치고 집을 나섰다. 성당 앞에 늦게까지 문을 여는 공중전화가 있는 카페가 있었다. 페레이라는 카페로 들어가 주변을 둘러보았다. 늦은 시간까지 카페 주인과 카드놀이를 하는 사람들이 보였다. 종업원 청년이 꾸벅꾸벅 졸며 카운터 뒤에서 게으름을 피우고 있었다. 페레이라는 레모네이드를 주문하고 전화기로 가서 파레드 해수요법 요양원 번호를 눌렀다. 그리고 카르도주 박사를 바꿔달라고 부탁했다. 카르도주 박사님은 이미 본인 방으로 가셨는데요, 누구시죠? 수화기 너머의 목소리가 말했다. 나는 페레이라 박사입니다, 페레이라가 말했다, 급한 일로 카르도주 박사와 통화해야 합니다. 박사님을 불러드릴 테니

잠깐 기다리세요, 전화교환원이 말했다, 내려가는 데 시간이 걸려서
요. 페러이라는 카르도주 박사가 올 때까지 참을성 있게 기다렸다. 안
녕하세요, 카르도주 박사님, 페레이라가 말했다, 중요한 얘기가 있는
데 지금은 자세히 설명드릴 수 없습니다. 무슨 일이 있습니까, 페레이
라 박사님, 카르도주 박사가 물었다, 몸이 불편하세요? 사실 몸이 불
편하긴 합니다, 페레이라가 대답했다, 하지만 그건 중요한 게 아닙니
다, 사실 우리 집에 심각한 문제가 생겼습니다. 우리 집 전화도 감시
당하고 있는지 모릅니다, 하지만 상관없습니다. 지금 자세한 얘기는
할 수 없습니다, 당신 도움이 필요합니다, 카르도주 박사님. 어쨌거나
말씀해보세요, 카르도주 박사가 말했다. 저, 카르도주 박사님, 페레이
라가 말했다, 내일 정오에 제가 박사님께 전화를 할 겁니다, 당신이
절 도와주셔야 합니다, 검열을 맡고 있는 막강한 인물인 척해주십시
오, 그리고 제 기사가 검열에 통과됐다고 말해주십시오, 이것만 해주
시면 됩니다. 이해하기 힘들군요, 카르도주 박사가 대꾸했다. 저, 박
사님, 페레이라가 말했다, 카페에서 전화하는 거라 자세한 설명은 해
드릴 수 없습니다, 당신이 상상도 하지 못할 문제가 우리 집에서 일어
났습니다, 하지만 오후가 되면 〈리스보아〉를 통해 그 일을 알게 될 겁
니다, 므슨 일이 일어났는지 신문 지면에 실려 있을 겁니다, 하지만
그러기 위해서는 당신의 도움이 절대적으로 필요합니다, 제 기사가
동의를 받았다고 주장해주세요, 아시겠습니까? 포르투갈 경찰은 스
캔들을 두려워하지 않는다고, 깨끗한 경찰이라 스캔들을 두려워하지
않는다고 말해주십시오. 알겠습니다, 카르도주 박사가 말했다, 내일
정오에 박사님 전화를 기다리겠습니다.

페레이라는 집으로 돌아왔다. 침실로 들어가 몬테이루 로시의 얼굴에서 수건을 걷었다. 대신 시트로 얼굴을 덮었다. 이윽고 서재로 가서 타자기 앞에 앉았다. '신문기자가 살해당하다'라고 제목을 썼다. 그리고 한 줄을 뗀 다음 기사를 써나가기 시작했다. "이름은 프란세스쿠 몬테이루 로시, 이탈리아 태생이다. 사망 기사와 기타 기사들을 우리 신문에 기고했다. 마야콥스키, 마리네티, 단눈치오, 가르시아 로르카 등 그는 우리 시대 위대한 작가들에 관한 글을 썼다. 그의 기사는 아직 신문에 실리지 않았지만 언젠가 실리게 될 것이다. 그는 쾌활한 청년이었다. 그는 삶을 사랑했지만 죽음에 관한 글을 쓰는 일을 맡았고 그 일을 회피하지 않았다. 지난밤에 죽음이 그를 찾아왔다. 어제저녁 〈리스보아〉의 문화면 기자, 즉 이 기사를 쓰고 있는 페레이라 박사의 집에서 저녁을 먹을 때 무장한 세 명의 남자가 아파트에 들이닥쳤다. 비밀경찰이라고 했지만 그들의 말을 확인할 만한 어떤 신분증도 보여주지 않았다. 진짜 경찰이 아닐 수도 있다. 사복을 입고 있었고 우리나라 경찰은 이런 방법을 사용하지 않을 것이기 때문이다. 그들은 누군지 모를 공범자와 움직이는 무법자들이었다. 당국은 이 파렴치한 사건에 대해 조사해야 할 것이다. 염소수염에 콧수염을 기른 키 작고 마른 남자가 무법자 무리를 이끌었다. 다른 두 남자는 그를 대장이라고 불렀다. 대장이라는 사람은 다른 두 남자의 이름을 여러 번 불렀다. 이름이 가짜가 아니라면 그들은 폰세카와 리마이다. 두 남자 모두 키가 크고 체격이 건장했으며, 피부는 까맸고 똑똑해 보이지는 않았다. 키 작고 마른 남자가 필자를 권총으로 위협하는 동안 폰세카와 리마는 몬테이루 로시를 침실로 끌고 가 그들의 말에 따르면 심문했다.

필자는 구타 소리와 숨죽인 비명 소리를 들었다. 이윽고 두 남자는 일이 끝났다고 말했다. 세 남자는 만약 사실을 폭로했다가는 필자를 죽이겠다고 협박하며 아파트를 황급히 떠났다. 필자는 침실로 갔고 젊은 몬테이루 로시의 죽음을 확인해야만 했다. 그는 피범벅이 되어 곤봉이나 개머리판에 가격을 당했는지 두개골이 깨져 있었다. 지금 그의 시체는 사우다드 거리 22번지 3층 필자의 집에 있다. 몬테이루 로시는 고아이고 친척이 없다. 그는 아름답고 상냥한 아가씨를 사랑했는데 우리는 그 이름을 알지 못한다. 그 아가씨가 구릿빛 머리칼을 가졌으며 문화를 사랑했다는 것만 알고 있다. 그녀가 이 기사를 읽고 있다면 진심 어린 애도와 애정 어린 인사를 전하는 바이다. 우리는 힘 있는 관계 당국이 이 폭력적인 사건을 철저히 조사해주기를 촉구한다. 지금 포르투갈의 보이지 않는 곳에서 누군가의 음모로 이런 폭력이 자행되고 있다.”

페레이라는 한 줄을 띄고 그 아래 오른쪽에 자신의 이름을 적어 넣었다. 페레이라라고만 서명했다. 오랫동안 그가 쓴 범죄 기사에는 페레이라라는 성으로만 서명을 넣어 모두에게 그렇게 알려져 있었기 때문이다.

페레이라가 창가로 눈을 돌리자 건물 앞 군 막사의 야자수 위로 날이 밝아오는 풍경이 보였다. 트럼펫 소리가 들렸다. 페레이라는 안락의자에 몸을 기대고 잠이 들었다. 눈을 떴을 때 이미 해는 중천에 떠 있었고 페레이라는 깜짝 놀라 시계를 보았다. 서둘러야 한다고 생각했다고 페레이라는 주장한다. 면도를 하고 찬물로 세수를 한 다음 집을 나왔다. 성당 앞에서 택시를 잡아 편집실로 가자고 했다. 좁은 수위실에 셀레스트가 있었다. 셀레스트는 페레이라에게 친절하게 인사했다. 저한테 연락 온 거 없습니까? 페레이라가 물었다. 없는데요, 페레이라 박사님, 셀레스트가 대답했다, 단지 제가 일주일 휴가를 받았을 뿐이에요. 셀레스트는 달력을 보여주며 계속 말했다. 다음 주 토요일에 올 거예요, 일주일 동안 저 없이 지내셔야 해요, 지금 정부는 약자들, 그러니까 저 같은 사람들을 보호해주거든요, 노조에 가입도 안 되어 있는데 말이죠. 당신의 빈자리를 느끼지 않도록 애써야겠군요, 페레이라가 중얼거리며 계단을 올라갔다. 페레이라는 편집실로 들어가 서류함에서 '사망 기사'라고 쓴 서류철을 꺼냈다. 그리고 가죽 가방 안에 그 서류철을 넣고 나왔다. 오르키데아 카페에 가서 오 분 정도 앉아 음료수를 마실 시간은 있다고 생각했다. 레모네이드 드릴까요, 페레이라 박사님? 그가 자리에 앉자 마누엘이 잽싸게 물었다. 아니, 페레이라가 대답했다, 포트와인 한 잔 주게. 웬일이세요, 페레이라 박사님, 마누엘이 말했다, 더군다나 이 시간에요, 아무튼 제 기분은 좋네요, 건강이 좋아지신 거니까요. 마누엘이 와인 한 잔과 함께 병도 남겨두었다. 저, 페레이라 박사님, 마누엘이 말했다, 와인은 병째 두고 가겠습니다, 한 잔 더 하고 싶으면 드세요, 시가도 원하시면 금방 갖다드릴게요. 순한 시가로 하나 가져다주게, 페레이라가 말했다, 그런데 마누엘, 〈라디오 런던〉을 듣는 친구가 있다고 했지, 무슨 새로운 소식 있나? 공화파가 계속 완패하고 있대요, 마누엘이 말했다, 그런데 페레이라 박사님, 마누엘이 목소리를 낮추며 말했다, 포르투갈에 대해서도 언급했어요. 그래, 그렇군, 페레이라가 말했다, 그래서 〈라디오 런던〉은 우리에 대해 무슨 말을 했다던가? 우리가 독재 치하에 살고 있다고 하더래요, 종업원이 대답했다, 그리고 경찰이 사람들을 고문한다고요. 자네는 어떻게 생각하나, 마누엘? 페레이라가 물었다. 마누엘은 머리를 긁적였다. 페레이라 박사님, 박사님 생각은 어떠세요? 마누엘이 물었다, 박사님은 신문사에 계시고 이런 문제에 대해서 잘 아시잖아요. 영국인들 말이 맞아, 페레이라가 명확하게 말했다. 페레이라는 시가를 끄고 계산을 한 다음 카페를 나와 인쇄소로 가기 위해 택시를 탔다. 인쇄소에 도착하자 숨 가쁘게 일하고 있는 식자공이 보였다. 신문 인쇄는 한 시간 후에 들어갈 겁니다, 식자공이 말했다, 페레이라 박사님, 카밀루 카스텔루 브랑쿠 단편은 잘 실으셨어요, 훌륭한 작품이에요, 학생 때 읽었는데 지금 봐도 훌륭하네요. 칼럼을 줄여야겠습니다, 페레이라가 말했다. 문화면 마지막 기사로 여기 이걸 넣어야 해요, 사망 기사입니다. 페레이라가 그에게 원고를 넘겨주었고 식자공은 기사를 읽더니 머리를 긁적였다. 페레이라 박사님, 식자공이 말했다, 아주 민감한 사건이네요, 기계에 돌리기 직전에 이걸 가져오셨는데 검열은 안 거치셨고요, 이 기사에서 심각한 사건이 얘기되는 것 같은데요. 보세요, 페드루 씨, 페레이라가 말했다, 우리는 삼십 년간 알고 지낸 사이입니다, 내가 〈리스보아〉보다 더 영향력 있는 신문에서 범죄 보도 기자를 할 때부터 알고 지냈습니다, 내가 당신을 곤란하게 했던 적이 있었나요? 그런 적은 없었습니다, 식자공이 대답했다, 하지만 지금은 시절이 바뀌었어요, 예전 같지가 않아요, 지금이 정부는 관료주의적이고 저는 규정에 따라야 해요, 페레이라 박사님. 보세요, 페드루 씨, 검열 승인은 구두로 받았습니다, 삼십 분 전에 편집실에서 전화했고 로렌수 검열장과 통화했습니다, 검열장이 승인해줬어요. 그래도 편집장님한테 전화해보는 게 좋겠어요, 식자공이 반박했다. 페레이라는 깊은 한숨을 내쉬며 말했다, 알겠습니다, 자 전화하세요, 페드루 씨. 식자공이 전화 다이얼을 돌리자 페레이라는 가슴이 조여들었다. 페레이라는 식자공이 필리파 양과 통화하고 있음을 알아차렸다. 편집장님은 밖에서 점심식사 중이시랍니다, 식자공이 말했다, 비서와 얘기했는데 세시까지 안 들어오신다는군요. 세시에는 신문이 나와 있어야 합니다, 페레이라가 말했다, 세시까지 기다릴 수 없습니다. 저도 어쩔 도리가 없어요, 식자공이 말했다, 어떻게 해야 할지 모르겠습니다, 페레이라 박사님. 보세요, 페레이라가 제안했다, 가장 좋은 방법은 검열관에게 직접 전화해보는 겁니다, 로렌수 검열장과 통화할 수 있습니다. 로렌수 검열장님이라고요, 그 이름이 두려운 듯 식자공이 소리쳤다, 검열장님과 직접요? 내 친구입니다, 페레이라가 천연덕스럽게 말했다, 오늘 아침에 직접 기사를 읽어줬더니 승인해주더군요, 나는 매일 그와 연락을 하고 있습니다, 페드루 씨, 그게 내 일이에요. 페레이라는 전화기를 집어 들고 파레드 해수요법 요양원 전화번호를 눌렀다. 카르도주 박사의 목소리가 들렸다. 여보세요, 검열장, 페레이라가 말했다, 〈리스보아〉의 페레이라 박사일세, 오늘 아침 자네한테 읽어줬던 그 기사를 기계에 넣으려고 여기 인쇄소에 와 있어, 그런데 식자공이 자네의 승인 도장이 없다고 결정을 못 내리고 있다네, 이 사람을 좀 안심시켜주겠나, 지금 바꿔주겠네. 페레이라는 식자공에게 수화기를 내밀고 그가 통화하는 모습을 지켜보았다. 식자공은 상황을 보고하기 시작했다. 네, 검열장님, 식자공이 말했다, 알겠습니다, 검열장님. 이윽고 식자공은 수화기를 내려놓고 페레이라를 보았다. 뭐라고 합니까? 페레이라가 물었다. 포르투갈 경찰은 이런 스캔들을 두려워하지 않는다고 하시네요, 식자공이 말했다, 고발해야 할 범죄자들이 돌아다니고 있고 박사님 기사는 오늘 나와야 한다고요, 페레이라 박사님, 박사님이 제게 말씀하셨던 대로입니다. 그러면서 계속했다. 그리고 검열장님이 이런 말도 하셨어요, 정신에 대한 기사를 쓰라고 페레이라 박사에게 전해달라고요, 우리 모두는 그런 기사가 필요하다고요, 제게 그렇게 말씀하셨어요, 페레이라 박사님. 농담을 하고 싶었던 모양이군요, 페레이라가 말했다, 아무튼 내일 내가 검열장과 이야기해보겠습니다.

페레이라는 식자공에게 기사를 맡기고 나왔다. 몹시 피곤했고 속이 뒤틀렸다. 모퉁이 카페에 가서 샌드위치를 하나 먹자고 생각했지만 레모네이드 한 잔만 주문했다. 이윽고 택시를 타고 성당까지 갔다. 혹시 누군가 자신을 기다리고 있지 않을까 하는 두려움을 느끼며 조심스럽게 집 안으로 들어갔다. 그러나 집 안에는 정적만 흐를 뿐 아무도 없었다. 침실로 가서 몬테이루 로시의 몸을 덮은 시트에 눈길을 주었다. 이윽고 작은 여행 가방에 꼭 필요한 물건을 챙기고 사망 기사 서류철도 넣었다. 그리고 책장으로 가서 몬테이루 로시의 여권을 뒤적이기 시작했다. 마침내 페레이라는 자신에게 맞는 여권 하나를 찾아냈다. 아주 잘 만든 프랑스 여권이었다. 여권 사진에는 눈밑이 그늘진 뚱뚱한 남자가 있었고, 나이도 그와 잘 맞았다. 이름은 보댕, 프랑수아 보댕이었다. 페레이라는 아름다운 이름이라고 생각했다. 여권을 가방에 넣고 아내의 사진을 집어 들었다. 나와 함께 갑시다, 페레이라가 사진에 대고 말했다, 당신은 나와 함께 가는 게 좋겠어. 숨을 잘 쉴

수 있도록 머리 부분이 위로 오게 해서 사진을 넣었다. 이윽고 주변을
한번 둘러보고 시계를 살폈다.

　서둘러야 했다. 잠시 후면 〈리스보아〉가 나올 것이므로 낭비할 시
간이 없었다고 페레이라는 주장한다.

1993년 8월 25일

작가의 말

페레이라 박사가 처음 나를 방문한 것은 1992년 9월 저녁이었다. 당시에 그의 이름은 아직 페레이라가 아니었고, 분명한 특징도 없었다. 그는 모호하고 명확하지 않은 희미한 존재였지만 책의 주인공이 되고 싶어 했다. 그는 자신의 이야기를 써줄 작가를 찾는 등장인물일 뿐이었다. 그가 왜 나를 선택해 자기 이야기를 써달라고 했는지는 모른다. 해볼 수 있는 가정은 그 이전 달 리스본의 무더운 8월 어느 날 나 역시 그를 방문했다는 사실 정도이다. 나는 그날을 분명히 기억한다. 아침에 리스본 일간지를 샀고, 한 늙은 신문기자가 리스본의 산타마리아 병원에서 사망했으며 그 병원 예배당에서 장례가 있으니 그를 조문할 수 있다는 기사를 읽었다. 신중을 기하기 위해 난 그 사람의 이름을 밝히고 싶지 않다. 단지 1960년대 말 파리에서 잠깐 그 사람을 만난 적이 있다고만 말해두겠다. 그는 포르투갈 망명자로서 파리 신문에 글을 기고하고 있었다. 40년대와 50년대 살라자르 독재 치하의 포르투갈에서 신문기자로 일한 사람이었다. 그는 포르투갈 신문에 정권을 비난하는 신랄한 기사를 써서 살라자르 독재를 조롱했다. 이후로 당연히 그는 경찰과 심한 충돌을 빚었고 망명의 길을 선택할 수밖에 없었다. 1974년 이후 포르투갈이 민주주의를 회복했을 때 그는 고국으로 돌아갔고, 나는 그를 다시 만나지 못했다. 그는 더는 글을 쓰지 않았고 연금으로 생활했다. 그 외에 그가 어떻게 살았는지 나는 모른다. 그는 불행히도 잊혔다. 당시 포르투갈은 50년간의 독재로부터 민주주의를 되찾은 나라의 복잡하고 어수선한 분위기 그 자체였다. 포르투갈은 이제 젊은 사람들이 이끌어가는 젊은 나라였다. 1940년대 말 살라자르의 독재에 굳건히 맞서 싸웠던 늙은 신문기자를 이젠 누구도 기억하지 못했다.

나는 오후 두시에 조문을 갔다. 병원 예배당은 한산했다. 관 뚜껑이 열려 있었다. 그 신사는 가톨릭 신자였고, 나무 십자가가 가슴에 올려져 있었다. 나는 십여 분간 그 옆에 머물렀다. 체격이 건장한, 아니 살진 노인이었다. 파리에서 만났을 때는 민첩하고 날랜 오십 대 남자였다. 힘든 삶을 살았는지 그는 뚱뚱하고 연약한 노인이 되어 있었다. 관 발치에 놓인 작은 받침대에 방문객의 서명이 적힌 방명록이 펼쳐져 있었다. 방명록에 이름을 남긴 사람은 그의 옛 동료들, 그와 함께 전쟁 같은 격렬한 삶을 살았던 사람들, 연금생활자가 된 신문기자들일 것이다.

말했듯이 9월, 이번에는 페레이라가 나를 방문했다. 그 당시엔 그에게 무슨 말을 해야 할지 몰랐다. 그러나 문학 작품의 주인공으로 나타난 그 희미한 모습이 하나의 상징이고 은유라는 것을 나는 어렴풋이 깨달았다. 즉 그는 내가 마지막 인사를 했던 늙은 신문기자의 환영이었다. 나는 당황했지만 그를 반가이 맞이했다. 그 9월의 저녁 대기를 떠돌던 영혼이 자신의 이야기를 해줄 작가, 자신의 선택과 고통과 삶을 설명해줄 작가로서 나를 필요로 한다는 사실을 막연히 이해했다. 잠들기 전의 그 특권적인 공간, 내 작품의 주인공들의 방문을 받기 가장 좋은 그 공간으로 다시 와서 내게 당신의 속 이야기를 해달라고, 당신의 이야기를 들려달라고 말했다. 그는 다시 왔고 나는 곧 그에게 맞는 이름을 찾아냈다. 페레이라. 포르투갈어로 페레이라는 배나무를 의미한다. 모든 과일나무 이름이 그렇듯 유대계 성이다. 이탈리아에서 유대계 성들이 도시 이름이듯 말이다. 나는 페레이라라는 이름으로 포르투갈 문화에 큰 흔적을 남긴 민족, 역사에서 큰 부정(不正)을 경험했던 민족에게 경의를 표하고 싶었다. 그리고 내가 페레이라라는 이름을 선택하게 된 또 다른 이유, 문학적 이유가 있었다. 〈What about Pereira?〉라는 제목의 엘리엇의 짧은 막간극에서 두 친구는 대화를 나누다가 페레이라라고 불리는 미스터리한 포르투갈인을 언급한다. 그 인물에 대해서는 아는 바가 전혀 없다. 하지만 나의 페레이라에 대해 나는 많은 것을 알게 됐다. 밤에 나를 방문할 때마다 그는 자신이 홀아비이며 심장병 환자이고 불행하다고 말해주었다. 프랑스 문학, 특히 모리아크나 베르나노스처럼 두 차례의 세계 대전 사이의 가톨릭 작가들을 좋아하며, 죽음에 대한 생각에 집착하고 있다고 말했다. 그가 믿고 속마음을 털어놓을 수 있는 친구는 프란체스코 수도회 수사 안토니우 신부이며, 그가 육신의 부활을 믿지 않기 때문에 이단자가 아닐까 두려워하는 마음으로 신부에게 고해를 하곤 했다고 말했다. 페레이라의 고백이 글 쓰는 이의 상상력과 합쳐져 나머지를 만들었다. 나는 페레이라에게서 그의 삶의 잔인한 한 달, 무더웠던 한 달, 1938년 8월을 알아냈다. 나는 제2차 세계대전의 참사 끝자락에 있었던 유럽, 스페인 내란, 우리 지난 과거의 비극을 다시금 생각했다. 내 오랜 친구가 된 페레이라가 자신의 이야기를 들려주었던 때, 1993년 여름에 나는 그의 이야기를 쓸 수 있었다. 베키아노에서 무더웠던 두 달 동안 나는 미친 듯이 집중해서 글을 썼다. 행운 섞인 우연의 일치인지 1993년 8월 25일 나는 마지막 페이지를 썼다. 그리고 나는 그 날짜를 마지막 페이지에 적고 싶었다. 왜냐하면 나에게는 중요한 날이기 때문이다. 바로 내 딸의 생일이다. 나는 이것이 하나의 표식, 징조인 것 같았다. 내 딸이 탄생한 행복한 날 글쓰기의 힘 덕분에 한 남자의 삶의 이야기도 태어났다. 신이 우리에게 준 사건들의 불가해한 짜임새 안에서 모든 것에는 각각 그 의미가 있다.[*]

안토니오 타부키

---

[*] 1994년 9월, 〈일 가제티노〉 기사.

숨겨진 현실을 찾아 나서는 작은 영웅의 이야기

안토니오 타부키는 매년 노벨문학상 후보로 거론되는 이탈리아 현대문학을 대표하는 작가이자 시에나 대학에서 포르투갈어와 문학을 가르치는 교수이다. 타부키는 아내의 고향 리스본에서 가족과 함께 일 년의 반을 보내며 작품을 쓸 만큼 포르투갈을 사랑한다. 이는 포르투갈 작가 페르난두 페소아의 영향 때문이다. 타부키는 대학 시절 프랑스를 여행하다가 페르난두 페소아의 작품을 접한 이후 그의 매력에 흠뻑 빠졌다. 페소아를 보다 잘 이해하기 위해 포르투갈어와 문학을 전공했고 페소아의 작품을 번역하면서 그에 대한 많은 에세이를 썼다. 타부키는 페소아에게서 고통스러우면서도 달콤한 향수(鄕愁)를 배웠고, 가면을 쓰고 수많은 얼굴로 변장하는 위장의 기법을 배웠다. 또 현실의 숨겨진 면에, 의미 없어 보이는 작고 모호한 것들에 존재의 더 진실한 면이 숨어 있다는 사실을 배웠다. 또한 타부키의 문학은 국제적이다. 페소아의 영향으로 포르투갈의 정치 상황과 작가들이 타부키의 문학적 소재가 되었을 뿐만 아니라 어린 시절 외삼촌의 서재에서 접한 수많은 외국 작가들의 영향으로 그의 작품에서는 프랑스, 영국 등 다양한 나라의 작가들이 자주 소개된다. 이러한 특징은 1994년 출간된 타부키의 대표작 『페레이라가 주장하다』에 잘 나타나 있다.

『페레이라가 주장하다』는 이탈리아를 비롯한 유럽 국가들에서 크게 성공을 거둔 타부키의 대표작으로 비아레조상, 캄피엘로상, 스칸노상, 장 모네 유럽문학상, 아리스테이온상을 수상했으며 로베르토 파엔차 감독에 의해 영화화되기도 했다. 소설의 배경은 살라자르 독재 정권이 지배하던 1938년 리스본이다. 주인공 페레이라는 〈리스보아〉 신문에 신설된 문화면을 담당하게 된 기자이다. 과거 보도 기자 생활을 했지만 이젠 정치에 대한 관심을 접고 문학, 특히 프랑스 문학에 몰두해 있는 조용한 남자다. 편집실과 집을 오가며 가끔 친구 안토니우 신부를 찾아가 회개하고 사무실 앞 오르키데아 카페에서 레모네이드를 마시며 종업원 마누엘로부터 국내외 정치 상황을 전해 듣는 단조로운 생활을 영위한다. 그는 몇 년 전에 폐결핵으로 죽은 아내의 사진을 보며 매일 하루 일과를 털어놓을 만큼 과거의 기억에 묻혀 살며 미래의 삶보다는 죽음을 생각한다.

어느 날 페레이라는 잡지에서 죽음에 관해 쓴 몬테이루 로시의 글을 읽게 되고 〈리스보아〉에 작가들의 사망 기사와 추모 칼럼을 써줄 수습기자로 그를 채용한다. 하지만 몬테이루 로시는 신문에 도저히 실을 수 없는 위험한 정치 성향이 드러나는 기사를 써온다. 그는 프랑스 혁명과 마르크스 사상을 믿는 여자 친구 마르타의 영향을 받아 살라자르 정권에 대항하여 암암리에 투쟁을 하고 있었다. 페레이라는 자신이 위험해질 수 있는 정치 문제에 휘말려들지 않으려 애쓰면서도 몬테이루 로시에게서 젊은 날 자신의 모습을 발견하고, 한편으로는 아들 같은 그에게 계속 경제적인 도움을 준다. 몬테이루 로시의 글은 서서히 페레이라의 사고와 행동에 변화를 가져온다. 죽은 아내, 문학, 죽음의 문제에만 관심을 기울였던 페레이라는 그동안 외면해왔던 현실의 문제들, 검열을 통해 언론의 자유를 막고 있는 살라자르 독재 정권의 폭정을 인식하게 된다.

더위와 비만 때문에 심장병이 더욱 악화되자 의사는 페레이라에게 해수요법 요양원을 소개하고, 페레이라는 그곳에서 카르도주 박사를 만난다. 프랑스 문학을 사랑하고 정신분석에도 조예가 깊은 카르도주 박사는 '정신의 연합체'라는 이론으로 페레이라가 겪고 있는 내적 갈등을 설명해준다. 이 이론에 따르면 사람은 하나의 정신을 가진 게 아니라 여러 개의 정신이 합쳐져 있고, 하나의 지배적인 자아가 이 정신의 연합체를 지배하는데 때때로 새로운 정신이 기존의 지배적 자아를 물리치고 새로운 지배적 자아가 되면 큰 변화가 일어난다는 것이다. 카르도즈 박사는 페레이라의 불안은 커다란 변화가 일어날 전주곡이라고 말한다.

집으로 돌아온 페레이라 앞에 몬테이루 로시와 그의 사촌이 나타나 숨을 만한 장소를 부탁한다. 몬테이루 로시의 사촌은 국제여단의 단원으로 스페인 제2공화국 인민전선 정부를 위해 싸우고 있었는데, 프랑코군에 맞서 싸울 지원자를 찾기 위해 포르투갈에 잠입한 것이었다.

당시 살라자르 정권의 포르투갈은 스페인 내란에서 프랑코 장군을 지원했다. 페레이라는 그들에게 은신처를 마련해주지만 얼마 후 몬테이루 로시가 경찰에 쫓겨 찾아오자 그를 자신의 집에 숨겨준다. 하지만 곧 비밀경찰이 페레이라의 집을 급습하여 몬테이루 로시를 고문하다 죽이고 만다. 비밀경찰은 이 사건을 묻어두라고 협박하지만 페레이라는 몬테이루 로시가 죽음에 이르게 된 과정을 기사로 써서 〈리스보아〉에 실은 다음 몬테이루 로시의 사촌이 만든 위조 여권을 들고 포르투갈을 떠난다.

이 소설은 아내의 죽음 이후 모든 의욕을 잃고 죽음만을 생각하며 마지막 남은 문학적 열정을 자신이 맡은 신문 문화면에 실으며 살아가는 외롭고 병약한 페레이라가, 청년 몬테이루 로시와 그의 여자 친구 마르타를 만나면서 현실에 눈뜨고 잠재했던 욕망과 삶의 의지를 되찾는다는 이야기이다. 마르타가 이야기했듯 페레이라는 개인주의적 무정부주의자였다. 즉 사상 정립이 필요하지만 때가 되면 영웅적으로 행동할 수 있는 인물이었다. 몬테이루 로시와 마르타, 포르투갈 태생의 독일인이지만 박해를 피해 미국으로 이민가려는 유대인 델가두 부인, 잠재된 무의식적 욕망을 일깨워주고 자신의 변화를 담대히 받아들이라고 충고하는 카르도주 박사와의 만남을 통해 페레이라는 자신의 정체성을 찾아나간다. 결국 비밀경찰의 고문으로 인한 몬테이루 로시의 비극적 죽음이 도화선이 되어 독재정권의 폭력에 당당히 맞서 싸우는 영웅적인 모습을 보이게 된다.

이 소설의 서술이 가진 특징은 상황을 설명하며 줄곧 '페레이라는 주장한다' 라는 말을 반복한다는 것이다. 이것은 페레이라가 서술자에게 이야기를 설명해주고 서술자는 그 이야기를 옮겨 적고 있는 인상을 준다. 서술자가 전지전능한 관찰자 입장에서 이야기를 설명하는 것이 아니라 주인공 페레이라의 시점을 따라가고 있는 것이다. 자연스러운 서술에 방해가 될 수도 있는 이 말이 왜 들어갔는지는 소설의 마지막 부분에서 밝혀진다. 죽은 페레이라의 영혼이 작가를 찾아와 자신의 삶을 이야기해달라고 했다는 것이다. 이것은 흡사 루이지 피란델로의 『작가를 찾는 6인의 등장인물』을 연상시킨다.

페레이라는 1940~50년대 포르투갈에서 살라자르 독재 정권을 비난하는 글들을 쓰다가 프랑스로 망명한 나이 지긋한 기자였다. 타부키는 이 노기자의 실명을 밝히는 대신 '페레이라' 라는 가명을 붙여줬는데 그 이유를 이렇게 설명한다. "포르투갈어로 페레이라는 배나무를 의미한다. 모든 과일 나무 이름이 그렇듯 유대계 성이다. 이탈리아에서 유대계 성들이 도시 이름이듯 말이다. 나는 페레이라라는 이름을 통해 포르투갈 문화에 큰 흔적을 남긴 민족, 역사에서 큰 부정을 경험했던 민족에게 경의를 표하고 싶었다."

타부키는 역사에서 큰 부정을 경험했던 민족에게 경의를 표하고 싶어 페레이라라는 이름을 선택했다. 타부키가 이 작품을 통해 말하고 싶었던 것은 바로 이 점이 아니었을까. 살라자르 독재 치하의 포르투갈에서 일어나고 있는 언론 탄압과 폭력을 고발함으로써 이탈리아의 현 상황을 비판하고, 큰 부정을 경험하고 있는 이탈리아의 페레이라들에게 경의를 표하며 이젠 부정을 떨치고 용기 있게 일어나야 한다고 촉구하고자 함이 아니었을까.

『페레이라가 주장하다』가 출간된 1994년은 실비오 베를루스코니가 전후 최초의 우파 연정을 출범시키면서 총리에 오른 해이기도 하다. 베를루스코니는 여러 언론사와 민영방송, 영화사를 소유한 언론재벌로 각종 매스컴을 동원해 국민들의 귀와 입을 막고 불법정치자금 운영, 탈세, 뇌물수수, 마피아와의 결탁 등을 숨겼다. 타부키는 이탈리아의 정치 상황을 '민주주의의 비상 상황'이라고 정의하며 직접 광장에 나가 시위에 참가하기도 했다. 타부키는 교묘하게 이루어지고 있는 언론 검열과 각종 부정에 시달리는 이탈리아 국민들에게 경의를 표하며, 페레이라가 살라자르 정권의 탄압과 폭력을 고발하며 당당히 일어섰듯이 이탈리아 지식인들도 정치적 무관심에서 벗어나 정치 부정을 고발하고 현 상황을 타개할 탈출구를 찾아야 한다고 주장하는 것이다.

타부키의 문학에는 갈망, 꿈, 환상이 어우러져 있다. 하지만 꿈과 환상은 현실과 동떨어진 것이 아니다. 타부키는 이성적으로 설명되지 않는 폭력적인 현실을 꿈이나 환상 등을 통해 파헤쳐나간다. 그래서 꿈이나 무의식이 현실을 설명하는 중요한 열쇠가 된다. 향수에 젖어 사는 페레이라가 정치적 무관심과 두려움을 떨치고 일어나 무자비한 폭력과 검열이 행해지고 있는 숨은 현실을 폭로하기까지 그의 내면에서 일어나는 변화를 카르도주 박사의 '정신의 연합체' 이론으로 설명해나가는 것도 이와 같은 맥락이다.

『페레이라가 주장하다』는 복잡하거나 난해하지 않은 단순한 문체이고, 스토리의 변화가 극적이지는 않지만 깊은 울림을 주는 소설이다.

주인공 내면의 변화 과정을 정신분석학적으로 잔잔히 다루면서 그 속에 사회정치적 문제를 훌륭하게 담아냈다. 이런 좋은 소설을 소개할 기회를 준 문학동네에 감사드린다.

이승수

1943~ 1968년	9월 24일 이탈리아 피사에서 태어남. 토스카나 지방에 위치한 작은 마을 베키아노의 외할아버지 집에서 유년 시절을 보냈음. 당시 외삼촌의 서재에서 수많은 외국 문학 작품을 읽음. 베키아노에서 의무교육을 마침. 피사 대학 인문학부 입학. 대학에 다닐 때 수차례 유럽을 여행했고, 프랑스의 한 노점에서 포르투갈 시인 페르난두 페소아의 시집『담배가게 *Tabacaria*』를 접함. 이 시집에서 삶의 중요한 모티프를 발견.
1969년	논문 「포르투갈의 초현실주의」로 피사 대학에서 학위를 받음.
1973년	볼로냐에서 포르투갈어와 문학을 가르침.『이탈리아 광장 *Piazza d'Italia*』을 집필. 토스카나 출신의 무정부주의자 가족의 이야기로 패자의 입장에서 역사를 쓰려고 시도함.
1978년	제노바 대학에서 포르투갈어와 문학을 가르침.『작은 배 *Il Piccolo naviglio*』를 출간했지만 상업적으로 성공하지는 못함.
1981년	『거꾸로 게임과 다른 이야기들 *Il gioco del rovescio e altri racconti*』 출간.
1983년	『핌 항구의 여인 *Donna di porto Pim*』 출간.
1984년	첫 성공작『인도 야상곡 *Notturno indiano*』 출간. 인도에서 사라진 친구를 찾아나서는 남자의 이야기를 통해 타부키 자신의 정체성을 찾으려고 한 소설. 1989년 프랑스 감독 알랭 코르노에 의해 영화화됨.

1985년   『사소한 작은 오해들*Piccoli equivoci senza importanza*』
          출간. 1987년까지 3년간 리스본 주재 이탈리아 문화원장을
          지냄.

1986년   『지평선 자락*Il filo dell'orizzonte*』 출간. 1993년 포르투갈
          감독 페르난두 로페즈에 의해 영화화됨.

1987년   『베아토 안젤리코의 비상*I volatili del Beato Angelico*』, 『페
          소아의 2분음표*Pessoana Minima*』 출간. 『인도 야상곡』으
          로 프랑스 메디치상 외국작품 부문 수상.

1988년   희곡『빠져 있는 대화*I dialoghi mancati*』 집필.

1989년   포르투갈 대통령이 수여하는 '엔히크 왕자 공로훈장'을 받
          았고, 같은 해 프랑스 정부로부터 '문화예술 공로훈장'을
          받음.

1990년   『사람들로 가득 찬 트렁크*Un baule pieno di gente*』 출간.

1991년   『검은 천사*L'angelo nero*』 출간.

1992년   포르투갈어로『레퀴엠*Requiem*』 집필. 나중에 이탈리아어
          로 출간된『레퀴엠』이 이탈리아 P.E.N 클럽상을 수상.『꿈
          의 꿈*Sogni di sogni*』 출간.

1994년   『페르난두 페소아의 마지막 3일*Gli ultimi tre giorni di
          Fernando Pessoa*』, 『페레이라가 주장하다*Sostiene Pereira*』
          출간. 『페레이라가 주장하다』로 비아레조상, 캄피엘로상,
          스칸노상, 장 모네 유럽문학상을 수상. 1995년 이탈리아 감
          독 로베르토 파엔차에 의해 영화화됨.

1997년   공원에서 사체로 발견된 남자의 실화를 바탕으로 한 소설
          『몬테이루 다마세누의 잃어버린 머리*La testa perduta di
          Damasceno Monteiro*』 출간. 소설 발표 이후 실제 사건의
          범인이 자백하고 형을 받음.『마르코니, 내 기억이 맞다면
          Marconi, se ben mi ricordo』 출간.『페레이라가 주장하다』

로 아리스테이온상 수상.

1998년   『자동차, 향수 그리고 무한 *L'Automobile, la Nostalgie et l'Infini*』 출간. 독일 아카데미아 라이프니츠에서 노사크상을 수상.

1999년   『집시와 르네상스 *Gli Zingari e il Rinascimento*』, 『얼룩투성이 셔츠 *Ena ponkamiso gemato likedes*』 출간.

2001년   열일곱 통의 수취인 불명 편지를 보내는 내용의 서간체 소설 『점점 더 늦게 만들어지고 있다 *Si sta facendo sempre piú tardi*』 출간.

2002년   『점점 더 늦게 만들어지고 있다』로 프랑스 라디오 방송국 '프랑스 컬처'에서 외국문학에 수여하는 상을 받음.

2004년   유격대원이었던 트리스타노의 긴 독백으로 이루어진 소설 『트리스타노가 죽다 *Tristano muore*』 출간. 트리스타노는 작품 속에 등장하는 작가에게 자신의 삶을 이야기하면서 전쟁, 정치, 삶 앞에 놓인 모순과 고통을 환기시킴.

2009년   9월 마우리치오 키에리치, 마르코 트라발리오, 올리비에로 베아 등과 함께 잡지 『일상의 사건』 창간.

2010년   『여행 그리고 또다른 여행들 *viaggi e altri viaggi*』 출간.

2011년   『그림이 있는 이야기 *Racconti con figure*』 출간.

　세계문학은 국민문학 혹은 지역문학을 떠나 존재하는 문학이 아니지만 그것들의 총합도 아니다. 세계문학이라는 용어에는 그 나름의 언어와 전통을 갖고 있는 국민문학이나 지역문학의 존재를 인정하면서 그것을 넘어서는 문학의 보편적 질서에 대한 관념이 새겨져 있다. 그 용어를 처음 고안한 19세기 유럽인들은 유럽문학을 중심으로 그 질서를 구축했지만 풍부한 국민문학의 전통을 가지고 있는 현대의 문학 강국들은 나름의 방식으로 세계문학을 이해하면서 정전(正典)의 목록을 작성하고 또 수정한다.

　한국에서도 세계문학 관념은 우리 사회와 문화의 변화 속에서 거듭 수정돼왔다. 어느 시기에는 제국 일본의 교양주의를 반영한 세계문학 관념이, 어느 시기에는 제3세계 민족주의에 동조한 세계문학 관념이 출현했고, 그러한 관념을 실천한 전집물이 출판됐다. 21세기 한국에 새로운 세계문학전집이 필요하다는 것은 명백하다. 우리의 지성과 감성의 기준에 부합하는 세계문학을 다시 구상할 때가 되었다.

　문학동네 세계문학전집은 범세계적으로 통용되는 고전에 대한 상식을 존중하면서도 지난 반세기 동안 해외 주요 언어권에서 창작과 연구의 진전에 따라 일어난 정전의 변동을 고려하여 편성되었다. 그래서 불멸의 명작은 물론 동시대 세계의 중요한 정치·문화적 실천에 영감을 준 새로운 작품들을 두루 포함시켰다.

　창립 이후 지금까지 한국문학 및 번역문학 출판에서 가장 전문적이고 생산적인 그룹을 대표해온 문학동네가 그간 축적한 문학 출판 경험을 바탕으로 새로운 세계문학전집을 펴낸다. 인류가 무지와 몽매의 어둠 속을 방황하면서도 끝내 길을 잃지 않은 것은 세계문학사의 하늘에 떠 있는 빛나는 별들이 길잡이가 되어주었기 때문이다. 우리가 자부심과 사명감 속에서 그리게 될 이 새로운 별자리가 독자들의 관심과 애정에 힘입어 우리 모두의 뿌듯한 자산이 되기를 소망한다.

문학동네 세계문학전집 편집위원
민은경, 박유하, 변현태, 송병선, 이재룡, 홍길표, 남진우, 황종연

지은이 **안토니오 타부키**

1943년 9월 24일 이탈리아 피사에서 태어났다. 피사 대학 인문학부 재학 시절 포르투갈 시인 페르난두 페소아의 영향을 받아 포르투갈어와 문학을 공부했다. 1975년 『이탈리아 광장』으로 문단에 데뷔했다. 『인도 야상곡』 『페레이라가 주장하다』 『몬테이루 다마세누의 잃어버린 머리』 등 다수의 작품을 발표했고, 40개국 언어로 번역되어 사랑받고 있다. 현재 시에나 대학에서 포르투갈어와 문학을 가르치고 있다.

옮긴이 **이승수**

한국외국어대학교 이탈리아어과를 졸업하고 동 대학원에서 비교문학 박사 학위를 받았다. 현재 한국외국어대학교 이탈리아어통번역학과 강사로 재직 중이다. 『신부님 우리들의 신부님』 『돈 까밀로 러시아 가다』 『나는 살인한다』 『아르마니 패션 제국』 『그날 밤의 거짓말』 『달나라에 사는 여인』 『폭력적인 삶』 『넌 동물이야, 비스코비츠!』 등 다수의 작품을 우리말로 옮겼다.

세계문학전집 082

페레이라가 주장하다

양장본 초판 인쇄 2011년 12월 13일
양장본 초판 발행 2011년 12월 23일

지은이 안토니오 타부키 | 옮긴이 이승수 | 펴낸이 강병선
책임편집 우민정 | 편집 임선영 | 독자모니터 엄진희
디자인 김선미 이주영 | 저작권 김미정 한문숙 박혜연
마케팅 정민호 김도윤 박보람 정진아 | 온라인 마케팅 이상혁 한민아 장선아
제작 안정숙 서동관 김애진 | 제작처 (주)상지사P&B

펴낸곳 (주)문학동네
출판등록 1993년 10월 22일 제406-2003-000045호
주소 413-756 경기도 파주시 문발동 파주출판도시 513-8
전자우편 editor@munhak.com | 대표전화 031) 955-8888 | 팩스 031) 955-8855
문의전화 031) 955-3576(마케팅), 031) 955-2653(편집)
문학동네카페 http://cafe.naver.com/mhdn
문학동네트위터 http://twitter.com/munhakdongne

ISBN 978-89-546-1693-5 04880
ISBN 978-89-546-1020-9 (세트)

www.munhak.com

● 문학동네 세계문학전집은 계속 출간됩니다